目次

JN104015

人獣細工

太后遂に戚夫人の手足を断ち、眼を去《えぐりと》り、耳を煇《やきつぶ》し、瘖《くちをきけなくする》薬を飲ます。廁《べんじょ》の中に居らしめ、命《なづ》けて人彘《ひとぶた》と曰う。

『史記』呂后本紀より

父が亡くなって一年ほどの間はほとんど何もする気が起こらなかった。と言っても父への思慕の情に堪え難かったと言うわけではない。それどころか、父が死んだことで長年の確執から解放され、気が抜けてしまったのだ。

しかし、一年が過ぎた今、わたしは漸く自分と父との関係を客観的に見ることができるようになってきた。

世間では父のわたしへの愛情をとても強いものだと考えていたようだが、わたしには到底そうは思えなかった。もちろん、他の家庭の父親が子供にどのように接しているのかを本当に知っているのかと尋ねられれば答えに窮してしまうが、少なくとも数少ない友達の家に遊びに行った時の様子やドラマなどで、一般的に父親が子供に対しどのような態度をとるかはわかっているつもりだ。

父からは愛情は感じられなかった。

そんなことを言うと、きまって父を知る人達から反論される。

「お父様はあなたのことをとても愛しておられましたよ。話をしていても話題はいつもあなたのことばかりだったし、出張した時もあなたへの御土産を探すことを最優先していましたよ。もう覚えておられないかもしれませんが、あなたがまだ小さい頃にわたしたちがお宅を訪ねた時など、お父様はずっとあなたを膝の上に座らせておられました。あなたがお父様の愛情を感じられなかったというのは、病弱なあなたの体を心配するあまり、あなたの前でつい暗い顔をすることが多かったからではありませんか？　そんなことをおっしゃっていては亡くなられたお父様がかわいそうですよ」

彼らの言葉はもっともだ。確かに父はそのような行動をとっていた。小さい頃、いつも父の膝の上に座っていたことも確かに覚えている。

しかし、一方で彼らはやはり間違っている。彼らが見ていたのは父の言動だけなのだ。表に出たものだけしか見ていないのに、心の内側まで知っていると思い込んでいるのだ。なんと愚かな者たちだろう。みんな父の演技に騙《だま》されていたのだ。

人が見ていない時、父がわたしを折檻《せっかん》していたというわけではない。むしろ、二人っきりになった時の方が演技は過剰になった。

父は周りの人々やわたしに、父がわたしを愛しているということを信じ込ませたかったのだ。なぜなら、父がわたしの体にしたことは愛が前提でなければ許されることではなかったから。

時々しか父に会わない人達は父の演技に簡単に騙されても、毎日一緒に暮らすわたしは父の言動が演技であることを敏感に嗅ぎ取っていた。

父の膝に乗っている時にもわたしは常に重苦しい緊張感を背中から感じていた。はたして、父親という者は愛する三歳の我が子を膝に乗せている時に極度に緊張したりするものなのだろうか？

わたしはぴんと張り詰めたものに耐え切れなくなって、父の膝から離れることが多かった。そんな時、父は必ずわたしを引き戻し、頭を撫でながら言った。

「夕霞《ゆか》、どうしたんだい？　お父さんのお膝の上が嫌なのかい？　お父さんの抱き方が悪かったのかな？　もう一度、お父さんのお膝に座っておくれよ。お父さんはおまえに座ってもらうのが大好きなんだから」父は作り笑いをした。

うっすらと額に汗を光らせる父の表情から、父の本心は手に取るようにわかった。できることなら、わたしが自分の意志で父の膝に座ることを拒否してもらいたがっていた。わたしだって、気詰まりな状態に長くとどまるのは本意ではない。

「夕霞は自分の席に座るの。もう大きいもの」わたしも演技をすることを覚えていた。

父は医者だった。自分の病院を持っている上、大学にも講師として勤務していた。父の専門は臓器移植。そして、わたしは父の患者だった。

わたしの体は隅々までメスを入れられていた。先天性の病気で、心臓や肺を含めほとんどの臓器に欠陥があったのだ。生後まもなくから、わたしは度重なる移植手術を受けてきた。物心がついてからの記憶もほとんど手術に関したものばかりだ。わたしの部屋は病室兼用だった。勉強机はベッドのすぐ横にあり、わたしは椅子を使わずにベッドに腰掛けたまま机に向かった。わたしの部屋にはしょっちゅう看護婦や医者たちが出入りし、プライバシーと言えるものはなかった。

移植手術は十代の後半まで断続的に続けられた。小学校の頃からずっと休みがちだったけれども、父が多額の寄付をしている私学だったせいか、高校を卒業するまで落第することはなかった。

自分の境遇をはっきり意識し出したのは思春期の頃だった。女子校だったので体育の授業の時は更衣室を使わず、カーテンを閉めた部屋の中で着替えをしていた。わたしはいつも見学をしていたので、着替えることはなかったが、同級生たちの若い肉体は嫌でも目に入る。もちろん、完全に裸になるわけでも、これ見よがしに見せびらかすわけでもなかったが、下着の間に見える滑らかな肌はわたしのものとは似ても似つかなかった。

わたしの肌はでこぼこしていて、色も斑《まだら》になっていた。顔や手首から先はそれほどでもなかったが、服に覆われている部分は酷かった。わたしはそのことに気付いて以来、夏でも長袖の服を着るようになった。最初のうち、教師たちは夏には夏の制服を着させようとしたが、父を通じて学校に申請するとすぐさま許可された。

わたしは色付きの眼鏡をかけた。顔も含めて、できるだけ肌の露出を避けたかったのだ。いつも前髪をだらりと下げ、風邪でもないのにマスクをすることが多くなった。

家の風呂場には大きな鏡が取り付けてあった。父のわたしへの愛情がないことはその鏡の存在がはっきりと語っていた。いたる所に見にくい手術痕が残っているわたしの全身は否応なく目に飛び込んでくる。父の移植医としての才能は高かったのかもしれないが、形成医としての才能には疑問があった。わたしの手術痕は実に無造作に付けられ、縫い合わされていた。自然な皺と交わるように切られているかと思うと、明らかに両側の皮膚がずれている縫い目もあった。縫い方も目立たなくする努力はいっさい感じられない。むしろ、失敗のないように、念入りに強く縫合されていることが感じ取れた。愛情を持つ者への扱いではない。

もちろん、父に悪気はなかったのだろう。傷口が再び開かないように、ただ一生懸命強く縫い付けたはずだ。しかし、本当に愛情があったのなら、無意識のうちに美しさを保つ努力をしたのではないだろうか。

わたしは鏡を恐れた。しかし、なぜかわたしの目は鏡に吸い寄せられた。鏡の中の継ぎはぎだらけの裸身から目を離すことができなかったのだ。わたしは瞬きすら忘れて、無残な傷痕を見つめ続けた。

パッチワーク・ガール。そう。わたしは継ぎはぎ娘。

その傷痕の下にはわたしのものではない臓器が埋められている。傷痕を見ていると皮膚が透けて、臓器がゆっくりと蠢動《しゅんどう》し、じゅくじゅくと液体が染み出してくるのが見えてくる。わたしのものではない臓器。人間のものですらない臓器。

豚《ぶた》の臓器。

わたしが生まれた頃、移植に関しては大きく二つの障害があった。

一つは免疫の問題である。人間を含め、動物の体には免疫系が備わっており、異物を排除しようとする。たとえそれが本人を生存させるために必要不可欠な要素である臓器だとしても異物と判断したからには免疫は徹底的に攻撃する。いわゆる拒絶反応である。これを避けるための方法としては、できるだけ自分と近いHLA型を持つ臓器を使う方法と、免疫抑制剤を使う方法がある。HLA型については双子以外では親兄弟といえども完全に適合するとは限らず、ましてや他人に至っては一致するのは非常に低い確率でしかない。また、免疫抑制剤についても、人工的免疫不全にするわけだから、当然予想されるように副作用がある。したがって、実際にはこの二つの方法を組み合わせることによって欠点を補おうとする努力が払われることになる。

もう一つの問題はドナー不足である。親兄弟であれば、他人に比べてHLA型が適合する可能性は高い。だからと言って、肉親のために犠牲となることは決して強制できない。しかし、実際問題として、子供や兄弟に移植が必要になった場合、健康上の問題などがなければ、臓器の提供は当然であるとする無意識の圧力を身の周りの人々や世論がかけてしまうことがある。これははっきりとした人権侵害である。かと言って、まったくの赤の他人が生きているうちに自分の臓器を自分の意志で提供するということは、骨髄など再生可能なもの以外ではほとんど考えられない。となると、ドナーとして有力になるのは死体である。しかし、死体自身は意志のない物体であるにもかかわらず、家族はそれを物体と感じることができないという事実がある。これもまた人間の情としてもっともなことで、強制的に死体から臓器を取り出すことは忍びない。さらに、心臓、肺、肝臓など短時間でも停止すると命に関わる臓器に関しては死体のものは望ましくない。もちろん、生きている人間から、心臓など生存に必要不可欠な要素を取り出すことはできない。そこで、ドナーとして浮かび上がってくるのが脳死者である。

　ドナーとしての脳死者は死体よりもさらにやっかいである。死体を指して、これは生命ではない、物体である、と断言することはそれほど困難ではない。事実そうなのであるから。しかし、現に脈を打ち、時には脊髄反射までが残っていることもある暖かい体温を持つ人間を指して、物体であると言うことは非常に困難である。心停止しても蘇生する場合があるのに対し、脳の機能がなくなった者は必ず全身の死に至るという事実を伝えるのはたやすいが、脳死者を死者であると実感させるのは難しい。

　現に、「脳死」とは移植を行いたいがために、医者たちがでっちあげた概念で、死に近い生の領域に死というレッテルを貼り付けただけではないのかと疑う者もいた。

　これらの問題を解決するために開発されたのが異種移植である。つまり、人間以外の動物の臓器を人間への移植に使うのである。

　と言っても異種移植自体の歴史は浅くない。人間に対して最初に行われた腎移植がすでに異種移植であった。山羊と彘《ぶた》の腎臓を人間に移植したのだ。ただし、それらは強力な拒絶反応ですぐに壊死してしまった。今、話題にしているのはこのような免疫抑制剤さえ使わないような乱暴な話ではない。

免疫はどうやって体内に入り込んだ異物と自分自身の組織を区別するのか？　実は自分の細胞にはちゃんと目印がついている。それは組織適合抗原と呼ばれている。人間の場合HLA抗原という。血液に型があるように、HLA抗原にも型がある。しかも、ABO式の血液型のような単純なものではない。

まず、HLA－A抗原には二十四種類の型がある。そして、HLA－B抗原には五十もの型がある。単純計算でもAとBの両方とも一致する確率は千二百分の一ということになる。さらに、HLA抗原にはAやBの他にC、D、DR、DQ、DPがあり、赤の他人どうしでこれらすべてが一致するのは数千万分の一の確率だ。もっとも、実際にはすべてのHLA抗原が一致しなくても、移植手術は行われる。すべてが一致するのが望ましいが、それは一卵生双生児でもない限り、あり得ないことだ。だから、たとえ親兄弟の臓器であろうとも、必ず免疫抑制剤が使用される。

しかし、この一見抜け目のないように見える免疫にも一つ抜け穴がある。HLA型さえ一致していれば、他人の細胞でも自分の細胞と区別できなくなるため、攻撃しなくなるのだ。HLA以外の部分が違っていても関係ない。別の人種の細胞でも、別の種の細胞でも。――彘の細胞でも。

今では脳死や生体臓器移植の問題は過去の話になってしまっている。動物の臓器を移植することが一般的になったからだ。できるだけ人間に近い動物の臓器が望ましく感じられるが、実際には類人猿は数が少なく、飼育が難しい。また、繁殖にも時間がかかる。

身近な家畜の中で比較的人間と似たスケールのものとして豕が選ばれた。

内臓に疾患が発見された場合、患者はすぐに皮膚のサンプルを取られる。そして、HLA抗原を司る遺伝子が抽出され、培養された後、豕の受精卵の核に組み込まれる。豕の受精卵はさらにクローニング処理されてから、雌豕の子宮に着床させられる。生まれてくる小豕は患者と同じHLA抗原を持っている。かくして、急速成長させた豕の臓器を移植してもほとんど免疫による拒絶反応は起きないことになる。明らかに別の種であるのにもかかわらず、免疫系は本人であると判定するのだ。

わたしは豕の臓器移植の最も初期の成功例であり、実験材料であった。わたしの治療を通じて得られた各種臓器の移植データによって、異種移植技術は飛躍的に発展した。なにしろわたしの中のほとんどの臓器は豕のものに置き換わっているのだ。移植医たちは父が発表するわたしのデータを喉から手が出るほど待ち望んでいたに違いない。


「ひとぶた!」

誰かがそう言った。それとも、空耳だったのか?

十年前、学校の窓からぼんやりと校庭を眺めている時、その言葉はナイフのようにわたしの魂に突き刺さった。

わたしは振り向こうとしたが、どうしても体が動かなかった。とてつもなく長い時間が過ぎ去った後、わたしは漸くゆっくりと体を捻り始めることができた。

いや。あれは一瞬のできごとだったのかもしれない。わたしの周りの少女たちは皆スローモーションかコマ送りで動いていたような気がする。生命感のかけらも感じさせない彼女たちはそれでも若い雌の匂いを発散し続けていた。

わたしの視線は少女たちの顔の上を這い回った。恐ろしい言葉を発したものを探し出し、糾弾するつもりだったのではない。わたしは声の主を見つけたくなかったのだ。探す行為をしてなお、声の主が存在しないことを祈っていたのだ。

若い女達はなまめかしいほどにゆっくり動いたが、わたしの視線はそれ以上に焦れったく、のろのろと移動した。

次の瞬間、時は正常な流れを取り戻した。少女たちは一瞬で、わけがわからなくなるほどのスピードで互いの間を泳ぎ回り、位置を変え続けた。

誰があの言葉を言ったのか、今となってはわからない。

しかし、それはわたしの両耳の間で共鳴し続けていた。

「ひとぶた！」

なんと嫌な言葉だろう。そんな言葉を投げ付けられるなら、いっそ「ぶた」と言われる方がましだ。「ひとぶた」という言葉にはどうしようもなく、やり切れない響きがある。

「今、誰か何か言った？」わたしは歪んだ微笑《ほほえ》みを見せた。

みんなの動きが止まった。一斉に無数の視線の針がわたしの継ぎはぎの体を貫き通す。

「どうかしたの、夕霞？」教室の入り口近くにいた佐織《さおり》が声をかけてくれた。

「今、声が聞こえたの」わたしは小声で答えた。

「声？　声が聞こえたって言っても、みんな喋ってるんだし」佐織は訝しげだった。

「ううん。そうじゃないの。誰かが……あの……悪口を言ったのよ」わたしはさらに小さな声で言った。

教室の中の少女たちは口々に何か言いながら、わたしの周りに集まり始めた。

「本当に聞こえたの？」佐織は訊いた。「何かの聞きまちがいじゃないの？」

わたしは無言で首を振った。

「ねえ。なんて、聞こえたの？」由美子《ゆみこ》もやってきた。「どんな悪口だった？」

「酷いことを言ったの」わたしは両手で胸から腹を撫でた。「体のことで」

「体って……その移植のこととか？」

わたしは頷いた。

「大きな声だったの？」

「うん。叫んでるようではなかったけど」

「ねえ。誰か、聞いた人いる？」由美子は周りを見回した。

少女たちは互いに顔を見比べるばかりだった。

「やっぱり、気のせいじゃない？」佐織が再び尋ねた。

「よくわからない」わたしは顔を覆って、座り込んだ。

「なんて、言われたの？」由美子が言った。

「『ひとぶた』」わたしは答えた。

ざわめきが波紋のように広がった。

結局、本当のところはよくわからなかった。「ひとぶた」と言った者もそう言われるのを聞いた者も現れなかったのだ。わたしが「ひとぶた」と言われたと主張するだけでは、それ以上、どうしようもなかった。ただ、騒ぎは先生たちの耳には入ったようで、その日のホームルームでは苛めや人権についての話があった。

「ひとぶた」という言葉はその日からわたしの心に染み付いていた。


父が死んでからは父の寝室には誰も入れていない。

寝室といっても実際は書斎も兼ねており、研究室の延長のようにデータや資料が散乱していた。父は死の数か月前にそれらを何十個もの段ボール箱につめて、大学や病院から持ち帰ってきたのだ。

それらの大部分は実験ノートだったが、文書や図面を収めたディスクや、手術や実験の様子を収めたビデオもかなりの数があった。父が死ぬとすぐ、いろいろな研究機関から資料の閲覧を申し込まれたが、わたしはいっさいを拒否した。

父は自分の死期を悟っていたのではないか。だとすると、これらの膨大なデータは他人に見せたくないものなのではないだろうか？　これには何か父の秘密が隠されているのではないだろうか？　それならば、父の遺志を守って、これらの資料とデータは非公開にしよう。

わたしはそう考え、父の部屋に鍵をかけたままにしておいた。

やがて、一年が過ぎ、わたしの心も徐々に落ち着いてきたある日、ふと父の資料を整理してみようという気になった。もちろん、わたしは医学について深い知識があるわけでもないし、父の研究を理解していたわけでもない。素人にどれだけのことができるのかはわからないが、そうすることが父とわたしの触れ合いの代わりになるのではないかと思えてきたのだ。

一年間、換気すらされていなかった部屋の中は一面、埃とも黴《かび》とも蜘蛛の巣ともつかない、白いねばねばした汚れに覆われて、カーテンを閉めたままでも、ぼうっと光っているように見えた。段ボールをひっくり返した状態のまま、資料は放置されていた。見たところ、ノートの表紙にもディスクやビデオのラベルにも日付は書かれていなかった。標題も「A－3b」であるとか、「夕霞－αω」などと書かれているだけだったので、内容の判別はかなり難しそうだった。

わたしは適当に一冊、ノートを拾い上げると、父の使っていた机の前の椅子に腰をおろした。椅子の上にも机の上にも埃が溜まっていたが、わたしはスカートや服の汚れは気にせず、袖で机の表面を拭い、ノートを広げた。

三月十五日　腎を移植。ドナーはY－Ⅲ……

いきなり、こんな言葉が目に飛び込んできた。おそらく、わたしのことだ。腎臓移植は十歳の春に行われた。ノートには続いて、意味不明の単語や記号が何ページにもわたって書き連ねてある。

ドナーというのは腎臓を取り出された豚《ぶた》に違いない。Y－Ⅲというのは豚の名前だろうか、それとも状態を示すのか？　Y－Ⅲなどという乾いた命名はいかにも父らしい。

さらに、ページをめくり続けると、V－№6aという表記があった。V－№というのはビデオナンバーの略のように見える。わたしは資料の山を崩しながら、ビデオを探した。

V－№6aと書かれたビデオはついに発見できなかったが、A－6とだけラベルに書かれたものが見つかった。

父の部屋の中にビデオデッキはなかったので、ビデオを持ってひとまずデッキがある自分の部屋に戻った。

再生すると、いきなり乱れた画像が始まり、ノイズ交じりの説明が始まった。父の声だった。画面の中には何人かの医者たちが手術用の服を着て立っており、その中には父もいた。どうやら、音声は画像と同時に録音されたものではなく、後から挿入されたようだった。

突如、画面は二分割された。分割されたそれぞれの画面の中央には手術台が映されている。一方には一人の少女が寝かされており、もう一方には仔豘が横たわっていた。少女の顔はよく見えなかったが、右肩の赤黒い魚の頭のような痣《あざ》からわたしであることが確認できる。

ドナーとレシピエントの手術はほぼ同時に開始された。

わたしの方は父が直接担当しており、丁寧に処置されていた。それに引き換え、小豘《こぶた》は若い医者にまかされ、かなりおおざっぱに進められていた。開腹の途中で大きな動脈を切断してしまったらしく、鮮血が溢れ出した。

やがて、小豘から二つの腎臓が取り出されると、そのまま傷口の縫合もされずに、放置された。小豘の方の場面は消え、わたしの場面が画面いっぱいに広がった。

豘を担当していた者たちは取り出したばかりの腎臓に処置を行った後、金属の容器に入れてわたしの方の手術台にやってくる。

父は無言で腎臓を受け取ると、助手たちに二、三指示を行った後、おもむろに移植を開始した。

自分の体の中身を見ていると、吐き気が際限なく襲いかかってきたが、わたしは歯を食いしばってビデオを見続けた。

やがて、尿管から尿が出るのを確認した後、父は手術台から離れた。縫合は若い医者の担当らしい。

わたしの体についていた下手な縫い痕は父のせいばかりでもなかったようだ。ただ、少なくとも、わたしの体を見れば、若い医者の技術は一目瞭然だったはずだから、父はやはりわたしの傷痕についてはほとんど考慮していなかったのだろう。

小鳧は二度と映されなかった。もし、あのまま放置されていたのなら、それほど長くは生きられなかったはずだ。小鳧の中で生きている唯一の部分はあの腎臓——この腎臓だけだ。

わたしは掌を手術痕にあてた。

ビデオは始まった時と同じく、唐突に終わった。


「手術を嫌がってはいけないよ」父は病室でわたしを諭した。「お前の心臓と肺はとても、弱っているんだ。保《も》ったとして、あと何か月かだ。心臓が止まってしまっては、とても生きてはいられない」

「嫌。これ以上、ぶたの肉を体の中にいれないで、お父さん」わたしは涙を流して懇願した。

「だめだ」父は首を振った。「父親としても、医者としても、手術を受けさせないわけにはいかない。それに、お父さんには、なぜおまえがそんなにも移植手術を嫌がるのかがわからない」

「だって、ぶたなのよ！　わたし、学校で『ひとぶた』って言われたのよ！」

「『ひとぶた』？」父は一瞬眉をひそめた。「まあ、言いたい者には言わしておきなさい。移植なんて、入れ歯やコンタクトレンズと同じだ。入れ歯やコンタクトレンズが何からできているかなんて、誰も気にしないだろう。実際、角膜に傷ができたときなどぶたの組織を原料にしたコンタクトレンズが使われることもある。だからって、そのコンタクトレンズを使った人がぶたになってしまうわけではないんだ」

「だって、移植は体の中に入れるのよ。ぶたの血とわたしの血が、ぶたの肉とわたしの肉が交じり合うのよ！」わたしは鼻水が垂れるのもかまわず喚いた。

「ぶたの組織と人間のそれとの間にそれほど大きな違いはない。第一、世の中のほとんどの人はぶた肉を食べているじゃないか。おまえのことを『ひとぶた』と言って蔑むやつの血や肉だって、ぶたの死体から作られているんだよ」

「食べるのと、移植するのとは違うわ。だって、まだ生きているぶたから、とるんでしょ」

「もちろんだ。一度、心停止してしまったら、手術の成功率は著しく低下する。腎臓や角膜や骨なら、死体からのものでも特に問題はないが、心臓や肺や肝臓ではそうもいかない」

「嫌よ！　嫌よ！」わたしは粘った。「お父さんは嘘をついているわ。本当はそんな手術なんか必要ないんでしょ！　お父さんはただ移植データが欲しいだけなんだわ！」

父の顔色が変わった。

「そんなことはない。おまえは生まれつき、重い病気にかかっていたんだ。だからこそ、お父さんはおまえを助けるために、必死になって異種移植の研究をしたんじゃないか」

わたしは父の顔を見ずに泣き続けた。父は呆れたようにため息をつき、しばらくおろおろとわたしの機嫌をとろうとしたが、やがて諦めたのか病室から出ていこうとした。

「待って、お父さん」わたしは啜り上げた。「一つ、聞いておきたいことがあるの」

「なんだね。言ってごらん」父は精一杯優しく聞こえるような声の演技をした。

「わたしのお母さんは本当は誰なの？」

「いきなり、何を言いだすんだ」父の目がふらふらと泳いだ。「お母さんは夕霞を生んだ時に死んでしまったということは知っているだろう」

「その話はお父さんにずっと聞かされていたけれど、わたしは信じてなんかいないわ。だって、おかしいもの。うちには家族の写真が一枚もない。普通のうちなら、たとえアルバムがなくても、写真ぐらいは何枚かあるものだわ」わたしは詰問の口調になっていた。「お母さんの写真がないのはなぜなの？」

「写真嫌いな家族だっている」

「それだけじゃないわ。わたしはお母さんの親戚には一人も会ったことはない。お母さんの両親の名前や住んでいる場所も知らない」

「人には事情というものがある」

　わたしは机の引き出しを開けて、封筒を取り出した。

「戸籍謄本よ」

「夕霞、どうしてこんなものを……」父の目は見開かれた。

「今まで、戸籍が必要な手続きは全部、お父さんがやっていたから、気がつかなかったと思ってたんでしょ。……わたしの戸籍にはお父さんの名前しかなかった。母親の欄は空白なの。いったい、これはどういうことなの？　お母さんはどうなってしまったの？」

　父はしばらく戸籍謄本を眺めた後、悲しそうに首を振って、部屋の隅の端末の前に座った。

「夕霞、これを使ってもいいかな？」

　わたしはどう答えようか躊躇《ちゅうちょ》したが、父はわたしの返事を待たずに、端末のスイッチを入れた。慣れた手つきで、どこかのコンピュータにアクセスしたようだ。

「ご覧。お母さんだ」

　画面に表が現れた。

　身長、体重、体型、学歴、病歴、知能指数、運動能力、特技。それらの項目が数語ずつの言葉で埋められていた。

「何、これ？　これがお母さんてどういうこと？」わたしはわけがわからなかった。

「夕霞は言ったね。『わたしのお母さんは誰か？』と。でも、お父さんもわからないんだ。ここに書いてあることが、お母さんについて、お父さんが知っていることのすべてなんだよ」

「わからないわ。……いったい……まさか！　そんな……」わたしは理解した。

「お父さんは若い時、とても一生懸命、勉強したんだ」無表情な父の顔がなぜかこの時だけは少し悲しそうに見えた。「お嫁さんを探す暇がなかったんだ。でも、お父さんは子供が欲しかったんだ。だから、お金をためて、特上の卵《らん》を買ったんだ。このデータシートを見ればわかるだろ。最高の素質を持った卵だ。とても高かったよ。お金がかかったのは卵だけじゃない。子宮も借りなければならなかったんだ。でも、夕霞は紛れもなく、お父さんの子だよ。お父さんの精子を使ったんだから、絶対に間違いなく、お父さんの子供なんだよ」

　わたしは吐き気を覚えた。

「わたしの半分は買われてきたのね。犬や猫のようにお金で買われたのね。そして、残りの半分はお金で子供を買うような男から受け継いだものからできているのね」

「何を言っているんだ。精子や卵を買うことも、子宮を借りることも完全に合法的なことなんだよ。夕霞はちゃんとした手続きで生まれてきたんだ。今まで、隠してたことは悪かった。謝るよ。でも、これは夕霞のことを考えてのことだったんだ。……その……つまり……ショックを受けるんじゃないかと思ったんだ。……ショックだったかい？」

「ええ、ちょっと」わたしは手で顔を覆った。

「もう少したったら、言うつもりだった。夕霞が大人になったら、大人になって病気が全部治ったら、ちゃんと教えるつもりだったんだ」父はますますおろおろとした。「別に悲しむことなんかないんだ。世の中にはそんな親子はいっぱいいる。子供には秘密にしているだけさ。だって、そうだろう。欲しいのは子供なんだ。そのために赤の他人と暮らさなきゃならないなんて、ナンセンスじゃないか」父はわたしよりもむしろ自分に話しかけているようだった。「自分の子供は自分の考え通りに育てる権利があるはずだ。他の人間に口出しさせるものか。それにみすみす欠陥だらけの遺伝子と自分の遺伝子を混ぜ合わせるなんて、虫酸が走る。金さえ出せば、完璧な遺伝子を持つ卵が買えるのに。自分の精子は完璧な卵と受精させたいじゃないか！」父は自分の叫び声に、はっと我に返ったようだった。「あ……ああ……すまない。興奮してしまったようだ。大丈夫だ。心配する必要はない。なんでもないんだ。……でも、お父さんは……お父さんは……」

父は肩を落として病室から出て行こうとした。

「待って！」わたしはなぜあんなことを言ったのだろう？「いいわ。手術を受けてもいい」

父の姿があまりに惨めだったからだろうか？恋愛すらまともにできない男が必死に自己を正当化する様子が哀れだったからだろうか？

父ははっとして顔を上げた。

「でも、一つ条件があるの」

「条件？」父の目に光が宿った。

「その手術が終わったら、今度は皮膚を移植してほしいの」

「皮膚？　どこか、火傷でもしたのか？」

「火傷なんかじゃないわ。これを見て！」

「わたしはガウンを脱ぎ捨てた。「わたしの体は縫い目だらけだわ」

「手術の痕が気になっていたのか！」父は驚いているようだった。

　わたしにはそんな父が信じられなかった。

「この上を皮膚で覆ってほしいの。もちろん、傷自体はなくならないってことは知っているわ。でも、少なくとも外からはわからなくなるのでしょ」

　父は魅せられたようにわたしの肌を見つめたあと、不気味な笑みを見せて頷いた。そして、そのまま何も言わず、病室から出て行った。

　父がいなくなると、わたしは嗚咽《おえつ》した。自分の言ったことを痛烈に後悔した。


　わたしへの最初の移植手術は生後三か月の時に行われている。生まれてすぐに異常が発見されて、わたしの遺伝子を豚《ぶた》の受精卵に組み込んだとしても、到底こんなに早い手術は無理だ。明らかに、父は計画的にことを運んでいたのだ。購入した卵に自分の精子を受精させ、いくつかに分裂させて、そのうち一つだけを金で雇った女の子宮に着床させ、残りはそのまま彘への遺伝子組み込み用に使ったに違いない。父は遺伝病を持たない卵を購入したと言った。それは信じてもいいだろう。遺伝的疾患を持つ配偶子を販売する場合、必ず特性表に明記することが義務付けられているし、あの特性表は厚生省に登録されているものと一致した。そして、特性表に添付されている遺伝子スペクトルはわたしのものと部分的に一致している。偽造されたり、他の卵の特性表とすり替えられた可能性はほとんどないと言ってもいいだろう。だとすると、わたしにあったという諸器官の欠陥は胎児もしくは胚の段階で発生したことになる。意図的に発生させられたという可能性はないだろうか？　そもそも、本当にわたしの臓器に欠陥なぞあったのだろうか？

父はわたしへの移植手術のうちのほんの一部だけを学会やマスコミに発表していた。わたしに行った大部分の手術は隠されていたのだ。父の残した資料を調べてわかったことだが、多いときはほぼひと月に一回のペースで手術が行われていたのだ。

少なくとも、父は違法行為をしていた。

人の遺伝子を動物の細胞に組み込むことはある特定の機能を発現する目的の場合にのみ許されている。例えば、ＨＬＡ型決定遺伝子やある種の酵素やホルモンを作る遺伝子がそれに当たる。

しかし、父はその範囲を越えて人の遺伝子——わたしの遺伝子を彘の細胞に組み込んでいた。はっきりと人の特徴を備えた器官を持つ奇形の鼠を作り出していたのだ。

わたしに移植された器官は体内に隠されたものばかりではなく、外から見えるものもあった。

わたしの耳は内耳まで含めてすべて移植されたものだが、耳朶の形に特に異常はない。鼠の耳ではさすがに異様だと思ったのだろう。もっとも、人の耳を持つ鼠も決して気持ちがいいものではないが。

耳以外にも歯や舌や鼻までもが鼠からの移植だった。驚いたことに乳首と乳腺までもが鼠からのものだった。鼠の乳房は子育ての時期だけ発達し、それ以外の時期は縮小している。ところが、わたしの乳房は正常に第二次性徴を迎え、発育を終えている。もし、その鼠を移植用に使わず、成長させていたとしたら、女の乳房を持つ鼠が誕生したのだろうか？　それとも、人間のホルモンにさらされたからこそ、人間の乳房の形になったのだろうか？

胃、腸、気管、動脈、神経、骨、筋肉。わたしの体のありとあらゆるものは鼠から奪い取ったものだ。唾液腺も鼠のものだ。わたしは四六時中、鼠の唾を飲み続けている。

父のノートに上肢および下肢の移植という文字を発見した時、さすがに自分の目が信じられなかった。いくらなんでも、手足だけは自分のものだと信じたかった。

だが、わたしは見てしまったのだ。そのディスクには丸い胴体には不釣合な貧弱な手足が生えている仔鼠《こねずみ》の姿が収められていた。

「わたしは人彘なのかもしれないわ」わたしは昼休み、一緒に弁当を食べていた佐織と由美子にぽつりと言った。

心臓移植のための入院が終わって数週間が過ぎていた。

二人は聞こえないふりをして、黙々と箸を口に運んだ。不自然な沈黙が流れる。周りの雑音――若さの誇りに満ちた少女たちのさんざめく声や駆け回る音が三人を包んだ。

「ねえ、『ひとぶた』って、史記に出てくる言葉だったのね。この前、漢文の時間に習ったでしょ。だから、あれはわたしへの悪口じゃなかったのかもしれないわ。でも、どっちだって、同じことなの。どうせ、わたしは人彘なんだから」わたしは二人にかまわず話を続けた。

佐織の箸が止まった。由美子は挫けずに食事を続けていた。かわいそうにほとんど味はしないだろう。

もちろん、こんなことを突然言われたら困ってしまうことぐらいはわかっていた。話さずにはいられなかったのだ。

「夕霞は戚夫人ではないわ」由美子はわたしの顔を見ずに言った。「それに夕霞のお父さんも呂后ではないし」

「どうして、そんなことが言えるの？　由美子はわたしでも、お父さんでもないのに」

わたしはきつく言った。

「そう。わたしは夕霞でも、夕霞のお父さんでもない。でも、夕霞だって、戚夫人じゃないし、ましてや呂后じゃない。どうして、自分と人彘を重ね合わせたりするのか、理解できないわ」由美子は周りに聞こえることを慮《おもんぱか》ってか、呟くように言った。

「わたしが人彘に似ているからよ。もちろん違うところもあるけれど。戚夫人は体の外側を取られて、人彘になった。わたしは体の中身を取られて人彘になったのよ」

「夕霞は中身を取られてなんかいないわ」由美子はやっと顔を上げた。「悪くなったところを新しい臓器に取り換えたのよ。そんなこと、今では普通のことよ。ただ、夕霞の手術が初期のころに行われたっていうだけじゃない」

「そうよ。わたしのおばさんもこの間、ぶたの肝臓を移植したのよ」佐織は震えながらやっと口を開いた。「そんなこと、当たり前のことよ」

「健康な体になれたんだから、お父さんに感謝しなくちゃいけないのに、自分を人彘に例えたりしたら、お父さんに悪いじゃない」由美子は少し怒っているようだった。

「違うのよ」わたしは自分の考えをうまく表現できずに焦った。「そうではないの。何かが違うの。わたしは佐織のおばさんのように、ただ移植を受けただけではないのよ。わたしの移植手術は実験だったのよ」

「だから、どうだっていうの?」由美子の声はだんだんと大きくなっていった。「わたしたちが赤ん坊のころは世界のどこの国でも異種移植の成功例はほとんどなかったのよ。

でも、娘が重病になってそれしか方法がないとしたら、賭けてみるのが親心なんじゃないかしら？　もちろん、その手術の記録は否応なしに貴重なデータとして扱われるから、結果的には実験のように見えるけど、ちゃんと病気が治ったからいいじゃないの」

「今まで、心臓の移植はほとんどなかったけど、これからは気軽にできるんじゃないかしら？　夕霞とお父さんのおかげだわ」佐織は由美子の話を裏付けた。

「わたしにはわたしの部分はほとんど残っていないの」わたしは息が荒くなってきた。

「どういうこと？　何を言っているの？」由美子は尋ねた。

「戚夫人は呂后に手と足と目と耳と言葉を奪われた。わたしはもっといろいろなものを奪われたの。腎臓、肝臓、心臓、肺、膵臓《すいぞう》……」

「でもそれはみんなだめになっていたのよ。放っておいたら、死んでいたのよ！」由美子の声は叫びに近くなった。

「戚夫人もわたしも死ななかった。戚夫人が取られたものは人間として生きるために大事なものばかりだったけれど、直接生命を維持するためには必要なかったから。そして、わたしが取られたものは生命を維持するためには必要なものだったけれど、代わりに彘《ぶた》で置き換えることで生命を保っている」

「戚夫人が取られたのは体の一部だけじゃないわ」由美子は周りの目を気にすることを止めたようだった。「『人彘』と呼ばれることで人間としての威厳まではぎ取られてしまったのよ。夕霞とは全然違うわ！」

「そうかしら？」わたしはぼろぼろと涙を零《こぼ》した。「肉体の一部を取られることだけで、人爲になるとしたら、人間の肉体を取られてさらにぶたの肉体を与えられたわたしが人爲でないとどうして言えるの？」

わたしは過去の思い出のフラッシュバックに悩まされながらも、父の残した資料の探索を続けた。膨大な資料に圧倒されそうになりながらも、わたしは人間とはなんだろうと考えるようになった。人間の存在意義というような哲学的な悩みではない。もっと、即物的なことだ。わたしは人間の定義が知りたかったのだ。つまり、どのような条件を備えていれば人間と呼べるのかを。

人間には人権がある。人間以外のものにも人権を認めようという考えもあるだろうが、今のところ、人間以外のものを殺しても殺人罪に問われることはなく、せいぜいが器物損壊罪程度の犯罪にしかならない。その間には不連続な差異がなければならない。

雪男だとか、大足《ビッグ・フット》だとかいう未確認の話は別にして、自然界には人間と紛らわしい動物は発見されてはいない。しかし、現代では遺伝子工学が異常な発達を見せている。現に父は法律で禁止されているにもかかわらず、人間の遺伝子を爲《ぶた》に組み込み、いくつかの人間特有の形質を発現させている。

「特定の遺伝子を持ち、形質が発現したもの」を人間であると定義すると、父の作り出した奇形彘の中に人間がいた可能性も出てくる。

この考えにはこう反論することができるかもしれない。

遺伝子の集合体である染色体の構成はゲノムと呼ばれている。いくら人間の遺伝子を組み込んだと言っても、その母体は彘のゲノムなのだ。人間であるかどうかは特定の遺伝子の有無で判断するのではなく、ゲノム全体で判断しなければいけないのだ、と。

口でいうのは易しい。しかし、ゲノム全体の判断など、本当にできるのだろうか？彘に人間の遺伝子の一部を組み込んだものは人ではなく、彘だとする。逆に人間に彘の遺伝子を組み込んだ場合、それは人間だとする。では、遺伝子の半分を人間、半分を彘のものにしたとしたら、どうだろうか？

そのようなことをしても、発生段階で致命的な問題が起きて、生物にはならないのかもしれない。しかし、人間と彘は共に哺乳類であり、遺伝子の大部分は共通だ。将来、精密な遺伝子の組み替えができるようになれば、人間と彘の特徴を合わせ持つ動物を作り出すことができるようになる可能性もまた否定できない。はたしてその生物は人間か、彘か？

そのような問題が発生しないように法律で禁止すればいい、という意見は本質的な解決にならない。法律はある程度、人間の行動を抑制できるが、完全ではない。技術的に可能であれば、どこかで誰かが必ずやる。そして、その生物が誕生してしまったからには判断をくださなければならない。

人間と彘《ぶた》の遺伝子の割合を比べるのは意味がない。もともと、遺伝子の大部分は共通であるうえ、介在配列と呼ばれる形質を発現しない遺伝子をどう評価していいのかわからない。例えば、介在配列を全て彘のものに取り換えた場合、彘の特徴は持っていなくても彘になってしまうのか？

そのような問題がすべてクリアになったとしても、まだ見過ごしていることがある。わたしのように、彘の臓器を移植された人間だ。わたしの内臓のほとんどは正真正銘の彘の細胞からできており、その核に含まれているのは彘の遺伝子だ。もちろん、ＨＬＡ型決定遺伝子など特定の遺伝子は人間から由来したものだが、それを人間である根拠にはできない。もし、それを根拠にするなら、移植用に遺伝子を組み替えられた彘は人間だということになってしまう。

わたしの臓器の大部分は彘のものだ。皮膚や筋肉や骨の一部も彘のものになっている。血液を作る骨髄も彘からの移植だから、白血球の遺伝子も彘のものだ。もし、わたしが何かの事件に巻き込まれて、遺伝子のサンプルをとられたとしたら、彘であると判断されてしまうかもしれない。

わたしはなぜこんな嫌な思いをしながらも、調査をやめることができないのだろう？　わたしはいったい何をしているのだろう？　わたしはわたしの心の奥底の声にしたがっている。何か大事なことがあるはずだ。わたしが忘れてしまったこと。ひょっとすると、自分を人間であると確信できる証拠が見つかるかもしれない。

自分を人彘だと思い始めたのは十代の頃だった。漢文の授業で「彘」という漢字を知ってから、「ぶた」という言葉を聞いたり、話したりする時にも「彘」という文字が浮かぶようになってしまった。わたしは取り憑かれてしまったように、あの話が頭から離れなくなっている。もう十年近く、毎日人彘のことを考え続けている。わたしの精神はこのままの状態では、そう長く保たないだろう。早く探し出さなければ。でも、いったい何を？

三歳四か月。胃移植。

胃は必須の器官ではない。なぜ、こんなものを危険を冒してまで移植するのか？

二歳八か月。角膜移植。

わたしは彘の角膜を通してしか世界を見ることができない。

二歳二か月。声帯移植。

わたしの本当の声はどんなだったのだろう？

一歳十か月。涙腺移植。

わたしの涙は彘《ぶた》の涙。

一歳六か月。乳頭と乳腺移植。

なんの意味もない。なぜこんなものを？

一歳零か月。子宮移植。

わたしは……。わたしは……。

八か月。卵巣移植。

「夕霞、もうすぐこの綺麗な肌がおまえのものになるんだよ」父は嬉々として彘の皮を撫でた。

地下の研究室の中で育てられているその彘には毛が生えていなかった。いや正確には、局所的――頭頂部、目の上、前足の付け根、生殖器――に黒く長い毛が生えてはいた。人間の女性そっくりの艶やかな肌のせいでいっそう彘の形態が醜く見えた。

「随分、太っているだろう。表皮面積を大きくするためにわざと肥満にしたんだ。なにしろ、彘の表面と人間の表面ではかなり形が違うからね。皺になったり縫い痕が残ったりしてはなんのための移植かわからなくなってしまう。皮膚の量さえ十分にあれば、自由に加工ができる」父は目を細めた。「最初は手術痕の部分だけの移植を考えていたんだが、メラニン色素の調節が意外と難しくてね。夕霞の本来の肌の色は出なかったんだ。このまま移植すると、継ぎ目のところで色の違いがわかってしまう。それで、思いきって全身の移植をすることにしたんだ」

「お父さん、一つお願いがあるの」わたしは彘の頭を撫でた。「わたしの肩にある痣のことなんだけど」

「ああ、そう言えば、痣があったような気がするな」父は興味なさそうに言った。「痣がどうした？」

「皮膚移植をすると、この痣もなくなってしまうの？」

「なんだ。そんなことか。心配する必要はないよ。手術が成功すれば、夕霞は全身小麦色の健康美人になれるさ。まあ、今の色白美人も捨てがたいが」父は作り笑顔を見せた。

「違うの」わたしは無反応な彘を撫で続けた。「痣は残しておいて欲しいの」

「え?!」さすがに父も驚いたようだった。「できないことはないが、どうしてわざわざ痣を残すなんてことをするんだい?」

　わたしはガウンを脱ぎ捨て、寝間着の襟をひっぱり肩を露出した。そこには拳骨ぐらいの大きさの赤黒い魚の頭の形をしたものがあった。

「これはわたしが生まれた時からついていたものなんでしょ」

「そうだ。その痣のおかげでお父さんは夕霞を他の子供から区別できたんだよ」

　父は痣がなければ自分の子供すら見分けられなかったのか。でも、そのことはかえって説明に都合がいい。

「わたしの体でこの部分は確実にわたしのものだわ」

「その痣以外にも交換していない部分はいっぱいあるぞ。脾臓もそうだし、甲状腺も……」

「そんなものは外から確かめることはできないわ。それにこれから先、移植手術が必要でないとも限らない。でも、皮膚の一部ならいつでも確かめることができるし、取り換えなくてはならない可能性も少ない。……皮膚のこの部分を火傷するとか、皮膚癌ができるとかしなければね」

「だとしても、皮膚なら他のところを残せばいいだろう。背中でもおなかでも。目立つのが嫌なら、内腿《うちもも》か、足の裏がいい」父は少し苛立ったように言った。

「いいえ。この痣がいいわ。小麦色の肌の中で、一部分が白くなっていたって、強い印象は感じないもの。やっぱり、この痣がいいわ。魚の頭の痣が」

「どうして、強い印象を与えなければならないんだ？」

「痣は否定的な印象を与えるものだわ。特にこのぐらいの大きさになると。だからこそ、はっきりと印象に残るの。夕霞の肩には魚の頭の形をした赤黒い痣があるって。さっき、お父さんは言ったわ。この痣のおかげで、他の赤ん坊と区別できたって。つまり、この痣は識別子なのよ。この痣を持つものは夕霞として認識される。存在は他者の認識に依存するものよ。この痣を持っている限り、わたしは夕霞でいられる。この痣が消えると同時に夕霞もなくなってしまう」

「何を言っているんだ？」父はうろたえた。「お父さんにはどういう意味なのかさっぱりわからないぞ」

「どうして、こんな簡単なことがわからないの？　わたしの体は年ごとにわたしでないものの体で置き換わっていく。それなのに、どうしてお父さんはわたしを夕霞だと思えるの？」

「おまえは夕霞だ。体の器官が少々、入れ替わったって関係ない。部分は問題じゃない。夕霞としての人格の統一があるなら、それは全体として夕霞なんだ」

「違うわ。お父さんにどうしてわたしの人格的同一性がわかるの？　今のわたしが心肺移植前のわたしと連続した人格を持っているという根拠は何？」

「そう言われると、どうとも答えられないが」父は腕組みをした。「ということは、夕霞自身には自分の人格的統一性が感じられないということなのかい？」

「もちろん、自分ではいつも自分が夕霞であるという意識は保っているわ。でも、それは問題じゃないのよ」わたしは瑞々しい彘《ぶた》の肌をもんだ。「もしこの彘が『わたしは夕霞だ』という認識を持っていたって、この彘が夕霞になるわけじゃない。みんながこの彘を彘だと思い、わたしを夕霞だと思っている。だから、この彘は彘になって、わたしは夕霞になるの。わたしや彘の思いなんて関係ない。お父さんはわたしの姿を見た時、漠然とした全体の印象が夕霞に似ているから、わたしのことを夕霞だと考えているだけで、わたしの人格まで捕らえているわけではないはずよ」

「だからと言って、どうして痣なんだ。痣なぞなくても、夕霞は夕霞だ。もう赤ん坊じゃないんだから、痣が唯一の識別子でもないだろう。例えば、顔とか、声とか、しぐさとかで十分夕霞だとわかるじゃないか」

「でも、この痣は見るひとに強烈な印象を与えるわ」

「嫌悪という印象をね」父は吐き捨てるように言った。

「お父さんはこの痣に嫌悪を感じるのね」

「いや、その、そんなわけではないんだが」

「無理に否定しなくてもいいのよ。異形のものへの自然な感情だわ。必要な時に理性で感情が制御できるのなら問題ない。とにかく、たとえ、それが否定的な意味だとしても、この痣が人々にわたしを夕霞として最も強く認識させているのは間違いないのだから、この赤黒い魚の頭の形はわたしの中で最もわたしであるところなのよ。これを取り除くことはわたしを失ってしまうことなの」

父の残したデータの整理は遅々として進まなかった。せめて日付などをもとにして、年代順にまとめようとも思ったが、データと日付の対応関係がうまくつかない資料が大量に出てきて、それすらままならなかった。

専門家の手を借りることができれば、もっと楽になるのかもしれなかったが、どうしても他人に見せる気にはならなかった。見せるとしても、目的を達成した後でないとだめだ。

目的？　目的ってなんだろう？　なぜ、わたしは苦労して訳のわからない呪文のような言葉を書き綴ったノートや、凄惨な場面を記録したビデオや、対応アプリケーションすらよくわからないコンピュータ用のデータの山の中でもがかなければならないのか？

わたしは自分自身を苦しみから解放してくれる知識を探しているのだ。わたしはつねに得体のしれない不安に責めさいなまれている。わたしは何者か？　わたしは父にとって、何なのか？　父はなぜわたしを育てたのか？　それらの不安はすべて無知から来るものだ。真実を知れば、すべてを白日のもとに晒《さら》せば、不安は消えるはずだ。それがどんなことであっても、無知よりはましだ。

玄関のチャイムがなった。

わたしは側にある端末から、玄関のモニタを呼び出した。

わたしと同じぐらいの年格好の女性が映っていた。すぐに名前は出てこない。しかし、まったくの初対面だというわけではない。彼女の顔には記憶をくすぐるものがある。思い出せないのは、年月がわたしの記憶を曇らせ、彼女の顔に年齢を刻み込んだためだろう。

「はい。どなたでしょうか？」わたしはインターフォンのスイッチを入れた。

「あの。わたし、田沼《たぬま》と申します」女性はやや緊張した声で答えた。「ええと、旧姓は南浦《みなみうら》です。南浦佐織です」

佐織！

「ちょっと、待っててください」

わたしは服の埃を払いながら、玄関に急いだ。

佐織と会うのは高校を卒業して以来だ。

「夕霞、久しぶり」ドアを開けると、そこには少女の佐織がいた。

しかし、次の瞬間、佐織の姿はゆらぎ、佐織に似た大人の女になった。

「佐織、本当にご無沙汰よ。何年ぶりかしら？　いったい、あなたはいくつになったのかしら？」

「何、言ってるの。二人は同い年よ」佐織は綺麗な歯を見せて笑った。

大人の佐織の姿にちらちらと少女の姿がフラッシュバックする。

「とにかく、中に入って。随分、散らかっているけど」

その言葉は謙遜ではなかった。家の中は本当にめちゃくちゃな状態だったのだ。

「お邪魔じゃないかしら？」

「いいえ。一人でくさくさしていたところだったの。大歓迎よ」

「あの。ひょっとすると、一人で住んでいるの？」玄関に放置してある段ボール箱を跨《また》ぎながら佐織は苦笑した。

「ええ。父が亡くなって収入がなくなったんで、使用人の人達にはやめてもらったの。まあ、遺産は結構あったから、当分わたし一人食べていくのに支障はないんだけど」わたしは言い訳がましく言った。

「まあ、そんなに財産があるなんて、羨《うらや》ましいわ」

「そんなこともないわよ。税金ばかりかかって。……この家と同じ敷地内には病院も建ってるけどわたしには宝の持ち腐れだわ」わたしはため息をついた。

「病院には何人か先生と看護婦さんたちがいらしたんじゃなかったかしら？」

「ああ、あの頃にはまだ大勢いたけど、父が亡くなった頃にはもう看護婦さんが三人いるだけだったの。その三人にも、もうやめてもらったのよ。父は晩年、気難しくなって、人を避けるようになっていたの。先生たちとも折り合いが悪くて、みんな自分の方からやめていったみたい」

応接間の方が綺麗だったが、佐織とはゆったりとして話がしたかったので、居間に通した。

「ところで、今日はどうして訪ねてきてくれたの？」

わたしたちは学生時代によくやっていたように、半分寝転ぶような体勢でソファに腰掛けた。

「実はこの間、同窓会に行った時に夕霞の話が出て、お父さんのことを聞いたの。もう一年以上になるんですってね。わたしも由美子もお父さんと親しかったから、驚いちゃって。今日も本当は二人で来るはずだったんだけど、あいにく由美子のお母さんが入院なさることになって」

「まあ、由美子のお母さんが？　どこが悪いのかしら？」

「肝臓らしいの。移植するらしいわ」

わたしは突然立ち上がり、頭をかきむしり、悲鳴を上げた。自分を失ってしまったわけではない。しかし、どうしても行動を制御できなかった。自分の目が大きく見開かれるのもわかっていたし、肋骨が持ち上がって、大きく息を吸い込むのもわかっていた。声帯がしまるのもわかっていた。なのに、長々と悲鳴をあげ続けるのを抑止することはできなかった。

わたしは冷静に佐織を観察することすらできた。佐織はわたしを見上げ、ばたばたと手足を動かしていた。あまりのことに運動系の制御が不能になったのだろう。さすがに、そんな状態は数秒だけで、佐織はふらりと立ち上がると、わたしの肩に手を置いて激しく揺さぶり始めた。

「夕霞、どうしたの?! しっかりして! 何があったというの?!」

不思議なことに、佐織の言葉を聞いた途端、また自分を制御できるようになった。全身の力が抜けてがくがくする。わたしはとにかくソファに座り込んだ。

「大丈夫? わたし、いけないことを言っちゃったのかしら」佐織はおろおろと言った。

「ううん。ごめんなさい。驚いたでしょ。自分でもよくわからないのよ。こんなことは初めてだわ。最近、父の残した資料を整理していて、昔のことをあれこれ思い出していたのが悪かったのかしら?」

「昔のこと?」

「ええ。でも、今日はそのことは話したくないわ。それより、ねえ、あなた名字が変わったのね。旦那さんはどんな方?」

「夕霞、最近体の具合はどうなの?」佐織はわたしの質問を無視した。「資料整理なんか、何も夕霞がやらなくたって、だれか他の人にまかせればいいじゃない」

「体は見ての通りとっても調子がいいわ。健康そうに見えるでしょ」

一瞬の静寂が流れた。佐織の目に驚きとも恐怖ともつかないものが表れた。

「じゃあ、夕霞は自分ではわからないのね」

「わからない? いったい、なんのこと」

「ちょっと、待って」佐織はハンドバッグを探ってコンパクトを取り出した。「自分の顔を見て。どんな感じに見える？」

「どんなって、いつも通りよ」

「ずっと、会ってないから、はっきりとしたことは言えないけど、少なくともわたしには夕霞の顔はとてもやつれて見えるわ」

やつれている？

わたしは佐織からコンパクトをひったくり、まじまじと自分の顔を眺めた。多少、皺は目立つが、やつれているとは思えなかった。

「光線の加減か何かでそう見えるんじゃない？」

「夕霞、ちゃんと食事はとっているの？」

「ええ。だけど控え目にはしているわ。わたしは太るわけにはいかないもの」わたしはため息をついた。「これ以上は絶対に太れないのよ」

「肌の色はとても健康的に見えるけど……ちょっと腕を見せてくれない？」

佐織に言われるがまま、わたしは腕を差し出した。佐織は息を飲んだ。

「骨と血管が浮き出ているじゃないの。本当にちゃんと食べているのなら、病気かもしれないわ。夕霞、最近お医者様に診てもらったことはあるの？」

わたしは自分の腕とそれを摑む佐織の腕を見比べた。確かに少し細めかもしれないが、病的に細いとは思えない。逆に佐織の腕の方がぶよぶよと脂ぎっていて、わたしに不快感を与えた。もちろん、佐織は太ってもかまわないのだ。でも、わたしは絶対に太れない。少し痩せているぐらいがちょうどいい。

「いいえ。わたしは生まれてからずっと父に診てもらっていたけど、父が亡くなってからはまったく医者にはかかっていないわ」

「それはよくないわ。お父さんの知り合いのお医者様とかいるんでしょ」佐織の目はからかっているようには見えなかった。「あなたの体は普通じゃな……その……特別なんだから、全く医者にかからないのは無謀だわ」

父は医者としては高名でその功績は高く評価されてはいたが、人付き合いは悪く、その成果も大部分を公表しなかったため、人脈は貧弱だった。そんな父にわたしを託せるような友人はいるはずもなかった。父は自分の死後のわたしのことなど全く気にかけていなかったのだろう。

「自分の体のことは自分が一番よくわかってるの」わたしの語気は思わずきつくなった。

「これ以上、太らないようにしているのにも、ちゃんとした理由があるのよ」

「理由？　どんな理由」佐織はわたしの気迫に押されたのか、声が小さくなった。

「わたしの体は至るところが豚《ぶた》なのよ。だから、少しでも豚に近付くようなことをすれば、あっと言う間に豚に戻ってしまうのよ」

「え？　何を言っているの？　人間は豚になったりはしないわ」

「本当にそんなことを信じているの？　わたしは人豚《ひとぶた》なのよ。油断をしているとすぐに人から鼠に転がり落ちてしまうのよ」

「夕霞は人鼠ではなくて、れっきとした人間なのよ」

わたしはにやりと笑った。やはり、佐織は何もわかっていない。現実を認識していないのだ。

「『人は鼠にはならない』あなたは今、そう言ったわね」

「ええ。そうよ」佐織は頷いた。

「じゃあ、逆はどうなの？　鼠は人になれるの？」

「どっちも一緒よ。生物の種が勝手にころころ変わったりするはずがないもの」

「人間の心臓を持つ鼠はやっぱり鼠だと思う？」

「え？　どういう意味？」佐織の目が泳いだ。

「文字通りの意味よ」

「鼠に人間の心臓を移植するっていうこと？　そんなことは許されないわ」

「後天的な移植は許されないけど、先天的な移植ならどうかしら？」わたしは佐織の呑気さ加減に呆れて、鼻をならした。

「先天的な移植？」

「遺伝子組み替えのことよ。鼠や人間が完成品だとしたら、遺伝子はその設計図に当たるの。完成品どうしの部品を交換するんじゃなくて、最初から鼠の設計図に人間の心臓の設計図を紛れこませておけばどうなるかと言っているのよ」

「よくわからないけど」佐織は首を捻った。「そんなこと、法律で許されているのかしら？」

「法律は関係ないわ。たとえ、法律で禁止されたとしても、技術的に可能なことなら、誰かが必ずやる。いいえ。現にそれは行われたのよ。佐織はその豕《ぶた》に人権はあると思う？」

「多分、ない……と思う」

「じゃあ、その豕の心臓はどうなの？　心臓には人権があるの？」

「部分には人権はないわ。あくまで人権は人間としての全体にあるはずだわ。そうでないとしたら、臓器を摘出した人と摘出された臓器それぞれに人権が発生することになってしまうもの。それに、豕の心臓はあくまで豕の心臓だと思うわ。人間の心臓の遺伝子が入っていたとしても、その心臓を形作っている細胞一つ一つの中には豕の遺伝子が入っているんでしょ。例えば、その心臓の細胞からクローンを作ったって、人間ができるのではなく、人間の心臓を持つ豕が生まれるだけなんだから、やっぱり豕だと思う」

「わたしの心臓は豕の心臓」わたしはにやりと笑った。

「だから、部分は関係ないのよ。心臓が豕のものでも全体として人間なら人権はあるのよ。そんなの常識だわ」

「人間の肝臓を持つ豕には人権はあるのかしら？」

「さっきから、何を聞いているの？　部分は関係ないのよ。豕の全体の中にあるのなら、人間の心臓だろうが、河馬の心臓だろうが、それは彘なのよ」

「彘の心臓と彘の肝臓を持つ人間は人間なの？　それとも、彘なの」

「いったい、何度同じことを言わせるつもりなの?!　夕霞、やっぱり、ちょっとおかしいわ！」

「人間の心臓を持つ彘の心臓と、人間の肝臓を持つ彘の肝臓と、人間の腎臓を持つ彘の腎臓と、人間の肺を持つ彘の肺と、人間の大腸を持つ彘の大腸と、人間の眼球を持つ彘の眼球と、人間の肛門を持つ彘の肛門と、人間の皮膚を持つ彘の皮膚と、人間の子宮を持つ彘の子宮と、人間の手足を持つ彘の手足と、人間の脊髄を持つ彘の脊髄と、人間の胃を持つ彘の胃と、人間の耳を持つ彘の耳と、人間の肋骨を持つ彘の肋骨と、人間の甲状腺を持つ彘の甲状腺と、人間の卵巣を持つ彘の卵巣を組み合わせて作り上げた人間は人間なのかしら？」わたしは言い聞かせるように言った。

「人間はそんなふうにして、作り出すことはできないわ」佐織は目をそらした。

「どうして、そんなことが言えるの？　現にここにいるじゃないの！」

「夕霞は彘の部分から組み上げられたのではないわ。ただ、体の悪い部分を取り換えただけじゃないの」

「あっちこっちが悪くなる電器製品みたいね。すこしずつ、部品を取り換えていって、最後には古い部分は完全になくなってしまうの。それでも元と同じと言えるのかしら？」

「人間の体を作る細胞は新陳代謝でどんどん入れ替わっていくって言うじゃない」佐織

は活路を見いだそうと必死のようだった。「数年で完全に新しくなるって。でも、何年たっても、わたしはわたし、夕霞は夕霞なのよ。それと同じことだわ」

「でも、あなたの細胞には彘の遺伝子は入っていないのでしょ。わたしのには入っているの。わたしの皮膚の細胞を使ってクローニングすれば、彘の子が生まれるのよ。ここを除いてね」わたしは服を引き裂き、肩にある赤黒い魚の頭の形をした痣を見せた。

「夕霞には夕霞という人格的な連続性があるわ」

「佐織にどうして、そんなことがわかると言うの？　わたしにだって、わからないのに」

佐織は両手で顔を覆った。必死に言葉を探しているようだ。

「そうだわ」佐織は手を顔から外し、わたしの目を見据えた。「脳よ。そうよ。脳だわ。心臓が死んでも、脳さえ生きていれば、死んだことにならないように、脳さえ人間なら人間なのよ。たとえ、体の他の部分が全部彘に置き換わったって、脳が夕霞なら夕霞なのよ。そうだったんだわ。悩むことなんかなかったのよ」

「脳が人間の本質だというのね」わたしは首をふった。「それはあなたの勝手な思い込みにすぎない。脳死が人間の死だと定義されているのはそれが不可逆な過程であるという理由によるもので、脳が人間の本質であるからではないのよ。脳さえ人間なら、他はなんであっても関係ないという主張にはなんの根拠もないわ。それに、佐織、あなたは脳が分割不可能な器官だと思っているようね」

「分割？　脳を分割するの？」

「脳は一様なものではなく、複雑な構造を持っているのよ。それぞれの部分には特定の機能がある。もちろん、そのすべてが解明されているわけではないけど」

「だって、脳には人格があるのよ」

「人格って何かしら？　わたしの脳の右半分をあなたの半分と取り換えたら、わたしはあなたになるの？　それとも、わたしのまま？　人間の意識の座は脳のどこにあるのかしらね？」

「そんな脳の交換手術なんて、許されるはずないじゃないの」

「また、法律や倫理を持ち出すの？　可能か不可能かの問題に社会的規範を持ち出すのは意味がないわ。技術的に可能なら、いつか、誰かが行うものなのよ」

「まさか、いくらなんでも……」

「わたしが大脳皮質の一部を移植されたのは、生後六か月の時だったの。どの部分をどれだけ移植したのか、わたしには父のデータを読み取る力はないけれど、その部分はちゃんと生着し、本来の脳細胞との間に神経回路が形成されていることも確認できたようよ。人格や意識の正体がなんなのかは知らないけど、もしそれが脳内のニューロン回路だとするなら、わたしの意識には彘《ぶた》のそれが混在していることになる」

「夕霞、自分の中に何か異質なものを感じるの？」

「ううん。何も感じない。でも、物心がついた時にはすでに、彘の脳細胞はわたしの脳の一部になっていたのよ。わたしの意識が彘の意識だったとしても、区別はつかないわ。自分の意識が人間のものか彘のものか区別するためには正常な人間の意識がどんなものかを知らなければいけないけれど、他人の意識を体験することなんか、金輪際できない」わたしはぼんやりと佐織を見つめた。「それとも、わたしと脳を半分交換してみる？　そうすれば互いの意識の内容をチェックできるわ」

「夕霞、お父さんの資料整理をすぐにやめてちょうだい。今の夕霞は普通じゃないわ。きっと夕霞は資料を誤解しているのよ。自分の子供にそんな恐ろしいことができるはずないわ」

「父はちっとも恐ろしくなんかなかったようよ。それに、わたしは最初からその目的で作られたのよ。父にとってわたしはただの実験材料なのよ」

「そんなはずはないわ。もし、実験のためにあなたを作ったとしたなら、それこそデータを公表せずに隠しておくのはおかしいわ。実験データは公表しなければ、なんの実績にもならないのよ。だから、手術は行われていないのよ。夕霞が誤解しているか、さもなければお父さんが架空の移植手術のシミュレーションをしたのよ。ほら、思考実験とか言うやつよ」

「いいえ。シミュレーションなら、同じ内容をなんども繰り返すはずだわ。同じ手術の記録は一つずつしかない」

「わかったわ。百歩譲って、夕霞がつき止めた移植手術は全部実際に行われていたとしましょう。そうだとしても、手術は必要があったから行われたはずよ。そして、あなたの幸せのことを考えて、それらの手術のことは伏せられたのよ。そうでないと理屈が合わないわ」

「そう。そこがわからないの。父はなんのために実験したのか？　名声を得るためなら、すでに発表している数件の移植手術だけで十分なはずなのに、どうして何百回も移植手術を行ったのか？」

「夕霞、どうして資料整理を続けているの？」佐織はさらに質問を積み重ねた。「あなたは自分を人彘《ひとぶた》だと思いたいの？」

「まさか」

「じゃあ、いますぐ資料整理をやめることね」佐織は厳しく言い放った。

「そういうわけにはいかないのよ。何かを知らなければいけないのに、それがなんであるかがどうしてもはっきりしないの。このまま、やめてしまったら、一生宙ぶらりんの状態でいなければならない。生涯、自分のことを人彘ではないかと悩み、怯えながら暮らさなくてはならないわ。そんなことには耐えられない。わたしはこの資料整理を通じて自分が人間であるという確証が得たいのよ」

「わかったわ」佐織は立ち上がった。「今日はひとまず帰ることにするわ。わたし一人では夕霞を説得できないようだから。……ねえ。資料整理をやめて、病院にいくだけでいいのよ。それが無理なら、せめてダイエットだけはやめてちょうだい」

「納得できないかもしれないけど、わたしは無理なダイエットなんかはしていないのよ。

これが限界なの。これ以上、太るわけにはいかないの。時々、鏡に彘が映るの」

佐織は無言でとぼとぼと玄関に向かって歩き出した。わたしも黙って後を追う。

「今度は由美子といっしょに来るわ。カウンセリングとまではいかなくても、二人であなたの悩みをゆっくり聞き出せば、道が開けるかもしれない」ドアを開けながら、佐織は優しく言った。「今日、わたしはせっかち過ぎたかもしれないわね。早く立ち直らせたくて、夕霞の言うことに反論ばかりしてしまった。今度は夕霞の話を否定するだけではなく、一緒に考えるようにするわ。また来てもいいでしょ？」

「大歓迎よ」わたしは佐織との議論でほてった頭を小刻みに震わせながら答えた。「わたしこそ、頑固なところを見せてしまってはずかしいわ」

もちろん、佐織や由美子に会えることは楽しみだったが、二人と話をすることでわたしの抱えている問題が解決するとは到底思えなかった。二人がいつ訪ねてくるのか、はっきりは決めなかったが、佐織の口振りではただの外交辞令ではなく、本気のようだった。その時は今日のような気まずい出会いではなく、昔のような和気藹々《あいあい》とした仲間に戻りたい。その日までに答えを見つけなければならない。

わたしは堅い決心を持って、父の部屋に向かった。ただ、どんなに歯を食いしばっても喉の奥から溢れてくる乳飲み子のような嗚咽はどうしても止めることができなかった。廊下に点々と涙が落ちた。

呂后はわたしの顔を見てにこりと笑った。その服装はとても古代のものとは思えないほどきらびやかで洗練されていたが、霧のような朱い飛沫《しぶき》が全体を覆っていた。近付くと血の香りがした。呂后は身動《みじろ》ぎ一つしなかったが、その膨らんだ衣服はゆらゆらと揺れていた。

「女、我が香りは麗しいであろう」呂后はわたしに言った。

わたしは呂后の言葉を無視して、さらに近付いて呂后の顔を覗き込もうとした。呂后は確かにわたしに笑いかけているのだが、光線の加減でその顔をはっきりみることができなかったからだ。しかし、いくら近付いても目がちかちかして、どうしても顔形をはっきりと見極めることができない。

さらに、一歩呂后に近付こうとして、わたしは何か弾力のあるべたついたものを踏み付けてしまった。

それは汚物に塗《まみ》れた一抱えもある肉の塊のようだった。悍《おぞ》ましいことにそれはごろごろと転がり、ぶるぶると震えた。

呂后は着物の前をはだけた。血飛沫が飛び、わたしと肉塊を濡らした。呂后の裸体は美しかったが、どうしようもない夥《おびただ》しい悪臭を放っていた。

わたしは呂后から逃れようと後退りしたが、血糊に足を取られて、大きな音をたてて、倒れてしまった。いつのまにか、わたしも裸になっている。

そのわたしの裸体に肉塊が這いながら、覆いかぶさろうとする。もがいて逃げようとするが、血で滑って体の自由がきかない。

その時、呂后がわたしを抱き起こしてくれた。呂后の肌がわたしの肌に吸い付く。

「さあ、手伝っておくれ」

呂后はずるりとあお向けに寝て大の字になった。白い腹に亀裂が入り、焦げ茶色の液体が溢れ出した。傷口を通して、何かが蠢《うごめ》いているのが見えた。

わたしは迷わず、呂后の中に両腕を突っ込んだ。中のものがわたしの手を摑んだ。わたしは獣のような声を上げながら、それを引きずり出した。

それはゆっくりと泥のようなものから、人の形になっていく。

わたしは驚いて、床に投げ捨てた。

それは盛り上がり、肉塊を踏み付けた。

「おお、いとしや」呂后は腹から子宮を垂らしながら、それをかき抱いた。

わたしは全身にかぶった羊水を手で拭った。

「陛下、ごらんなさい」呂后は裂けた体を隠しもせず、それに呼び掛けた。「人彘《ひとぶた》ですよ」

それは肉塊を見、絶叫し、泣きながら、汚物の中を転げ回った。

「ああ、人ではない。人ではない」それは言った。

やがて、それは崩れ始め、泥に戻った。

呂后はその上に俯せになり、身をくねらせる。呂后の腹は泥と自らの子宮を吸い上げる。「あな、嬉しや。わたしはまた、陛下を生むことができる」

「なぜ、戚夫人を人彘などと呼ばれたのですか?」わたしは長年の疑問を呂后に問いただした。「彼女は聞くことも、見ることもできないのに。何を言っても、もう彼女をこれ以上傷つけることはできないのに。それでも復讐のつもりなのですか?」

呂后は大きく口を開いた。あまりにも大きく開いたため、胃袋の中身まで露出した。そして、大声で笑い出した。

「どうしたのですか? 何がおかしいというのですか?」わたしは呂后と肉塊を交互に見比べた。

「戚夫人とはいったい誰のことですか?」呂后は笑い続けた。

「この人です。あなたに酷い仕打ちを受けたこのかわいそうな人です」わたしは肉塊を持ち上げて示そうとしたが、腕からぬるりと滑り落ちてしまった。

「それは戚夫人などではないわ」

「え?! では誰だというのですか?!」

「それは本当のあなたなのです」

わたしは驚いて肉塊を引き裂いた。中はからっぽだった。肉塊ではなく、肉の袋だったのだ。

「外側も中身も全部失ってしまった本当のあなたの姿です」呂后は笑う。

「これが本当のわたしだとすると……」わたしは肉の袋から離れた。「このわたしはいったい何なの？」

「あなたは彘の皮です」呂后は一頭の彘を示した。

その彘には皮膚がなく、脂肪と筋肉が斑にむき出しになっていた。

わたしはくしゃくしゃになって、倒れていった。

呂后の顔は父の顔だ。

わたしはやっと理解した。なぜ呂后が戚夫人を人彘《ひとぶた》と呼んだのか。そして、なぜ父がわたしを作り出したのか。

呂后は復讐をしたかったのではなかったのだ。復讐が目的なら、目と耳をつぶす前に「人彘」と呼び掛けたはずだ。

そして、父は研究者としての名声を望んでいたのではない。名声が欲しかったら、もっと穏健な移植手術を行って、その成果を発表したはずだ。

かれらは楽しんでいたのだ。人間の尊厳をずたずたにすることで、彘と人間の生命を弄ぶことで、全能感に酔いしれていたのだ。

わたしは寝る間を惜しんで、ノートを読み、ビデオを見、ディスクを調べた。

この中に必ず秘密が隠されているはずだ。父は彘から人間を作り出すこと自体を楽しんでいたのだ。だとしたら、移植手術以外にも何か冒瀆的なことを行っていたのかもしれない。

しかし、資料の大部分はわたしにとって、意味不明なものばかりだった。わたしは気ばかりが焦って、何日寝ていないのか、何食抜いているのかもわからないようになってしまっていた。

そんな時、一本のビデオを見つけた。他のビデオと同じ、なんの変哲もないように見えたが、わたしはそのラベルに書かれている数字が気になった。〝A－1〟とか、〝1Q〟などと書かれたビデオはたくさんあったが、そのビデオには単に〝1〟と書かれていたのだ。

ビデオの数が増えてくると、誰でも整理のためラベルにわかりやすい言葉を書くものだ。ただ、同一の内容が何本にもわたったり、一本の中に別々の内容が複数入っている場合などは一本ずつ内容をストレートに示すよりは、通し番号か年月日を付けて内容は別に記録しておく方が合理的だ。そして、通し番号がついたビデオがさらに増えてくると、今度は内容ごとに分類したくなる。数字にアルファベットを付けたり、漢数字やローマ数字を使ったりして。

だから、単に〝1〟とのみ書かれているビデオは本当に初期のころに録画されたものである可能性が非常に大きい。

わたしはある種の予感を持って、ビデオを再生した。もしこれが本当に最初の一本目だとしたら、父がやってしまったこと、あるいは、やりたかったことを知ることができるかもしれない。それが適わないまでも、わたしがもやもやと感じている記憶になる前の記憶——わたしと父を結ぶ秘密の片鱗が摑めるかもしれない。

最初の数秒間、画面は判別できないぐらい乱れていたが、突然嘘のようにクリアになった。画面のど真ん中に一頭の彘《ぶた》がいた。種類はよくわからないが、父が遺伝子をいじくったものではなく、従来からいるタイプの彘のようだった。

彘は苦しそうに横たわっている。時々、鳴き声をあげている。病気なのだろうか？

まもなく、病気でないことがはっきりした。彘は粘膜に包まれた者を生み落としたのだ。それからは延々と母彘が仔彘たちを生み続ける様子が映されている。

母彘が正常であるのに対し、仔彘たちは父によって処置を受けているのは明らかだった。母彘から生み落とされるのを見なかったら、とても彘だとは思えなかったかもしれない。そんな姿でも母彘は愛しいらしく、せっせと嘗めている。仔彘たちも母親の腹部に潜り込もうとするかのように身を寄せている。仔彘たちの姿さえ、異常でなければ、思わず微笑みそうなシーンだった。

仔彘たちはどんな動物にも似ていなかった。もちろん、哺乳類である特徴は持っていたが、全体的に非常に未熟な印象を受けた。母彘の元へ近付こうとはしていたが、結局母彘の助けがなければ、まったく自力では動けないようだった。この様子では成獣に達するまで成長できるとは思えない。父の好奇心の犠牲だ。

母胤はさらに仔胤を生み続ける。わたしはやりきれなくなって、テープを止めようとした。しかし、指が停止ボタンに触れてもどうしても押すことができなかった。

胸騒ぎがする。この映像の中の何かがわたしの潜在意識に働きかけているのだ。まるで、昔、騒がれたあのうさん臭いサブリミナル映像を見せられているかのように。わたしは画面から目を離すことができなかった。

画面を静止する。コマ送りにして確かめる。怪しいメッセージは入っていない。また、通常の再生に戻す。早送りにする。やはり、何か違和感がある。仔胤の姿が異様だからではない。それは顕在意識によって、はっきりと確認している。もっと、小さなことだ。画面の中に何かが映っている。

その正体に気付いた時、わたしは痛烈に後悔した。なぜ、わたしはこのビデオを見ようなぞと言う気を起こしたのだろうか？　なぜ、父の残した資料を整理しようと思ったのだろう？　そもそも、なぜ、わたしは父の言葉を素直に信じておかなかったのだろう？

もう遅い。すべては終わってしまったのだ。わたしは知ってしまったのだ。

ああ、わたしは父が死ぬ前に言った言葉が忘れられない。

「馬鹿者どもめ！　肝臓癌だと！　かまうものか！　ほっておいてくれ！　俺の中に胤なぞ入れないでくれ！　汚らわしい!!」

あの言葉さえ聞かなければ、わたしは父を誤解し続けることもできたのに。

彘の臓器を移植することは汚れではないことを人々に啓蒙したのは父だった。そのおかげで、今では毎年多くの人命が救われている。父こそは現代の英雄だ。その父がそんな言葉を吐いたということがどうして信じられようか？

だが、父は確かにわたしを蔑み続けていたのだ。自分が作り出した人彘を。


気が付くと、わたしは病院のベッドに横たわっていた。わたしの知らない病室だった。生まれてからこの年になるまで、病室と言えば自分の家の病室しか知らなかったわたしは、目が覚めた瞬間、事態が把握できずに軽い混乱を覚えた。しかし、すぐ横に佐織と由美子の顔を認めたことで落ち着きを取り戻すことができた。

二人がわたしの家を訪れたのは雨の日だったそうだ。佐織がうちを訪ねてくれてから一週間後だという。わたしは佐織と会ったのが何日で、何日間連続で資料整理を続けていたのかまったくわからなかった。あの胸糞の悪いビデオを見たのが何日目だったのかもわからない。記憶は妙に混乱している。ビデオを見てからも資料整理を続けたのか、それともすべてを投げ出してしまったのかも覚えていない。

佐織たちの話によると、わたしは雨が降る中、庭の泥の中でのたくっていたらしい。何かを叫んでいたが、その内容については二人とも忘れてしまったそうだ。もっとも、本当に忘れたのかどうか確かめるすべはない。

「本当にびっくりしたわ」由美子はやや興奮気味に教えてくれた。「初めは何か動物かと思ったわ。でも、佐織が悲鳴をあげたので、わたしも気がついたの」

二人はずぶ濡れになりながら、わたしをかついで家に入ろうとしたが、鍵の場所がわからず断念して(後になって、鍵はわたしの腸内で発見された)、仕方なく救急車を呼んだということだ。

二人の証言に関して、わたしは何のコメントもできない。ただ、呂后と戚夫人に会ったという記憶が微かにあったが、それが何を意味するのかもわからない。

「頑張り過ぎたのよ。お医者様も極度の疲労と栄養失調が原因だろうっておっしゃってたわ。ねえ。なんども言うけど、資料整理のことはしばらく忘れて、ゆっくり静養をしたらどうかしら?」佐織が優しく声をかけてくれる。

「ええ。わたしもそうしようと思っていたの」わたしは精一杯明るく答えた。

そう。わたしは二度と資料整理をする気はない。家に戻っても、父の部屋には決して近寄らないようにしよう。本当は資料を全部処分してしまいたいのだけれど、今となっては見たり触ったりすることにすら耐えられそうもない。かと言って、他人に処理を頼むこともできない。他人があれを見ることを考えただけで、息ができなくなるぐらいの恐怖を感じる。

もう決してあれを見なければいいのだ。そうすれば、あれを見たことさえ夢だと思えるようになるかもしれないではないか。もし、そんな幸福な時が訪れるなら、わたしはもう二度とあれを見るような愚かなまねはしないつもりだ。

わたしは過去を徹底的に調べ、すべてを白日のもとに暴き出し、真実を知ることで自らの魂を苦しみから解放しようとしていた。ところが、父の残した記憶の中でわたしが見つけ出したものは魂の解放ではなかった。逆だったのだ。あれを封印することでわたしは辛うじてわたしでいられたのだ。

佐織と由美子は毎日、見舞いに来てくれている。わたしがどんどんやせ細っていくことには気が付いているのだろうか？

もはや、わたしには平安な日々は戻って来ないだろう。目を開けていても、つぶっていても常にあの映像がわたしの頭の中に投影されている。

画面の中央にいる大きな母彘《ははぶた》。乳房に群がる奇形の仔彘たち。その中の特に小さい一匹が弱々しく鳴いた。

その肩には赤黒い魚の頭の形をした痣があった。

吸血狩り

初めて、吸血鬼を見たのは八歳の夏だった。

幼稚園の頃から、毎年、夏休みの間、僕は祖父母の家に預けられるのが恒例になっていたんだ。両親の家が都会の高層マンションだったのに対して、祖父母の家は、その頃でもかなり珍しいぐらいの田舎だった。とは言え、電気やガスや水道がなかったというわけではなかったよ。テレビだってちゃんと三局も入った。

水道ができて必要がなくなった井戸はずっと前に埋められていたけど、息抜き用の穴の竹筒によって、その位置を知ることができた。これはどうやら井戸の神様のための空気穴らしかったんだけど、どう思う？　井戸の神様は酸素呼吸しているのか？　酸素ではなくて、気のようなものを吸いこむのか？　それとも、逆にその穴から何か排出しているのか？　その家の住人たち——祖父母、それに、僕同様、夏の間だけやってくるいとこたちは、単純に神様も息をしていると思ってたようだけど、僕は違ったんだ。なぜって、ある晩、その竹筒から、青白い光の塊が出るのを見たからだよ。

いいや、人魂みたいな感じじゃない。もちろん、人魂は未だに見たことはないけど、漫画やテレビドラマに出てくるやつとは全然感じが違うんだ。皆が知ってる人魂は涙滴形でオタマジャクシのように尾を引きながらふわふわと飛んで、ぼうっとした煙か霧のようなイメージだと思うけど、僕の見たのはまるで違ってた。

どちらかと言うと、閃光という方が近いかもしれないなあ。穴から天に向かって一直線に光の柱が立つんだ。柱の真ん中辺りは白くて、端は青くなっていた。柱自体が存在したのは一秒の何分の一かの時間でしかなかったけれども、柱が立ってから数秒間は、天球と柱が交わった部分が赤くなって、それから徐々に周りの空間に色が染み出していき、最後には流れてしまった。

ああ、今日話そうと思っているのはこの話じゃないよ。水道の話をしたから井戸のことを思い出してしまったんだ。

祖父母の家はかなり古い作りの農家だった。その頃にはもう畑仕事はしていなかったが、元地主だったこともあって、先祖伝来の土地のいくらかを売って作った蓄えもあり、生活に不自由はなかった。売り残した土地は家の周りに広がっていたけれども、庭として使っているそのうちの一部を除いては荒れ地といってもいい状態だった。荒れ地の中には昔、納屋か何かに使っていた小屋のようなものがあった。一番若い叔父のために、祖父母が勉強部屋に作り直していたので、中は一応生活できるようになっていた。その叔父も僕が生まれるはるか前に勉学の義務から解放されていたこともあって、小屋は僕ら子供たちが遊びに使っている以外は殆ど無人になっていたんだ。

村の住民の多くは農家だったけれど、殆どは兼業農家で、男達は近くの町の工場に働きに出てたんだ。だから、昼間は女と子供と年寄りばかりの村だったな。夏休みだけやってくる僕たちは村の子供たちの中にもうまく入れず、結局、いとこたちばかりで遊んでいたような気がするよ。小さい頃は十人以上のいとこたちが夏休みに集まって、それに、若い叔父や叔母たちまで引率役として加わったため、ちょっとした林間学校のようだった記憶が微かにあるけれども、年ごとに年長のいとこたちはやってこなくなり、叔父や叔母たちも都会へと出ていったため、とうとうその夏は僕と従姉と従弟の三人だけになっていた。従姉と従弟は兄弟で、僕の伯父の子供たちだった。

ついに夏休みに訪ねてくる孫たちの数が三人にまで減ったと知った時、祖父がこう言ったんだ。

「寂しいもんだ。年をとってから年々孫の数が減るとは思ってもいなかったぞ」

すると、祖母はこう答えた。

「孫の数は減ってはいないわ。皆、大人になっていっただけよ。娘や息子たちがそうだったのと一緒よ。でも、孫はまだまだ増えてるのよ。後、五年もしたら、まだ赤ん坊の新しい孫たちも大きくなるわ。そうしたら、また、大勢の孫の面倒で大わらわだわ」

「そうなればいいが」祖父はまだ嘆き続けた。「それまで、寿命が続けばいいが」

従弟は僕と同い年で祖父母からは僕とワンセットのように扱われていたのに、不思議なことにその頃の記憶には殆ど従弟の姿は出てこない。記憶に残ってるのは従姉と戯れている僕自身の姿ばかりなんだよ。

朝、起きれば、いつも、僕たちより早く起きて食卓についている従姉のところに彼女の名前を叫びながら向かった。そして、祖母と従姉の作った料理を全員で食べ、食後は従姉に夏休みの宿題を見てもらう。僕は夏休みの宿題は全然好きじゃなかったけど、従姉に宿題を教えて貰えるなら、その存在を許してもいいとさえ思っていたんだ。宿題を終えると、僕たちはテレビ番組を見て、従姉とげらげら笑って、午前中の残りを過ごした。そして、全員で昼食をとり、日中、家の中でだらだらとすごした後、昼寝をした。はっきり言っておくけど、この昼寝の時間は必要なものじゃなかった。僕はたいてい一睡もせずに一時間もタオルケットの下であれこれ空想しているだけだったんだよ。従弟は眠ってたのかもしれないけどね。この儀式は孫たちの健康的な成長のために、祖母が考え付いたもので、不服従は許されなかった。しかし、従姉が免除されていたことを考えると、ある年齢になると、昼寝の効力はなくなると思ってたんだろうね。昼寝の後やっと僕たちは遊び回れる。時計の針が三時ぴったりになると僕は飛び起き、従姉にまとわりつきにいく。そして、遊びに行こうと誘うんだ。その時、祖母は必ずこう言った。

「優《ゆう》ちゃんは、もう、あんたたちのような子供じゃないんだから。馬鹿な遊びに誘うのはおやめ。優ちゃんは今のうちにやっておかなけりゃならないことがいっぱいあるのよ。女の子はね油断してられないのよ。油断しているとすぐに大人になってしまうの」

もちろん、僕たちは祖母の言葉を無視した。いや、無視したというよりも何を言ってるのかわからなかったんだよ。蟬の声や、風が草を撫でる音や、微かに響く遠雷と同じように意味を持たない空気の振動だった。祖母の声は僕たちの鼓膜を通り過ぎて行った。

従姉はすでに十五歳になっていて、もはや、僕たちと一緒に野山を駆け回ることに生きがいを見いだせなくなっていたんだと思うよ。でも、僕も従弟もそんなことには気付かずに毎日彼女を冒険に誘った。ああ、可哀そうに従姉は餓鬼どもと付き合う義務は全くなかったにもかかわらず、ナイチンゲール的なボランティア精神で僕たちと一緒に全身擦り傷だらけになりながら、物語を作ってくれていたんだ。

僕たちは探検家と原住民の美女になった。

僕たちは武士と姫君になった。

僕たちはスーパーヒーローとヒロインになった。

僕たちは海賊と女船長になった。

僕たちは騎士と貴婦人になった。

僕たちは英雄と女神になった。

僕たちは王子と王女になった。

従姉は少年のように元気に走り回り、僕はいつもなんとか彼女に飛び付こうとした。僕は彼女に抱き付くとなんとも幸せな感じで満たされたんだ。その頃の僕は彼女も同じような幸福感につつまれていると信じていた。

僕たちは日が暮れて互いの顔の表情が見えなくなるまで、遊んだ。もちろん、田舎と言っても街灯ぐらいはあったけれど、僕たちは草っ原や竹藪の中の光の届かないところで遊んでいたんだ。僕と従弟は真っ暗になったって全然かまいはしなかったが、従姉はそんな僕たちを宥めすかし、つれて帰った。

家に帰ると、もう祖母が夕食の用意をし終わっていて、僕たちはすっかり忘れていた空腹感を思い出し、食卓に飛び込んだ。

その後、風呂に入るんだが、風呂場は広くて、三人でも四人でも一遍に入れる広さだった。だから、たいてい僕と従弟ともう一人誰かが一緒に風呂に入った。僕は従姉と入りたかったんだけど、いつも彼女と入れるとは限っていなかった。でも、何日かに一度はとてつもなくだだをこねて、従姉に入れて貰うこともあった。もちろん、わがままを聞いて貰えず、祖母に無理やり連れていかれたこともあったけど、大人になるまでその意味はわからなかったな。

風呂上がりは庭で蚊取り線香を焚《た》いて、皆で浴衣姿で涼んだ。ジュースを飲んだり西瓜を食べたりして——祖父だけはビールだったけど——僕たちは頭上に広がる満天の星々の間に吸い込まれていった。時には花火をして、祖父母に叱られるほどはしゃいだもんだよ。

寝室には蚊帳《かや》を吊って、従姉と三人で布団を並べて寝た。布団に入ったからと言ってすぐに眠れる訳でもなく、部屋の隅においてある小さなテレビをしばらくは見ていた。ばかばかしいコントと従姉の柔らかい手に包まれながら幸福に僕の夏の日は終わるんだ。

毎日がこれの繰り返しだった。

そう、あいつが現れるまでは。


その日、太陽が山の端にかかった頃から、従姉はそわそわし出し、こう言った。

「ねえ、一《いっ》ちゃん、正《せい》ちゃん、今日はもうわたし帰ろうと思うの。暗くなるまで二人で遊んでおいてね」

「ううん」僕は不服そうに言った。「優ちゃんも一緒に遊ぼうよ」

「だめだめ」従姉は困った顔をして言った。「優ちゃんは疲れちゃった」

「じゃあ、一緒に帰る」

「駄目よ。二人はもう少し遊んでなさいよ」

それだけ言うと、従姉はとても僕らに追いつけないような速度で駆け出して行った。

僕と従弟は仕方無く、二頭の怪獣になって遊び続けた。そして、人間に戻してくれたのは、あまり遅いので心配になって、探しに来た祖父の声だった。

僕と従弟は予想に反して全く叱られなかった。逆に、従姉はかなりきつく叱られたようで、僕らが家に着いた時にはまだしくしくと泣いていた。祖父は祖母に言った。

「この子たちを置いてけ堀にして帰った訳はもう言ったかい？」

「いいえ、トイレがしたかったと言うばかりで……」

「トイレがしたくってもこの子たちと一緒に帰ってくればいいじゃないか。どうしてほったらかしなんかにしたんだ？」

祖父に言われても従姉は俯いて涙を零《こぼ》すばかりだったよ。

次の日も太陽が山の端にかかるころ、従姉は僕たちに言った。

「一ちゃん、正ちゃん、今日も二人で帰ってくれない？　わたし用事があるの」

「だめだよ、優ちゃん」僕は真剣に言った。「また、お祖母ちゃんとお祖父ちゃんに叱られるよ。一緒に帰ろうよ」

「大丈夫よ。この時計を一ちゃんに貸してあげるわ」従姉は女物の腕時計を僕の手首に巻いた。「この時計にはアラームが付いているから、セットしとくわ。これが鳴ったら、ここを押して音を止めて、そして、うちに帰ってらっしゃい」

「でも、僕ら二人で帰ったりしたら、また、優ちゃん、怒られちゃうよ」

僕はもうべそをかいていた。

「心配しなくていいのよ。一ちゃんと正ちゃんがおうちの前に着く頃に、わたしもおうちの前に行くから、それから三人でおうちに入ろう」

「そんなことやめようよ。三人で帰ろうよ」

でも、再び従姉は駆け出して行ってしまった。

従弟は僕と遊ぼうとしたが、僕はそんな気になれず、結局、アラームが鳴り出すまで、ただただ呆然と立ち尽くしていたんだ。

アラームが鳴ると同時に僕は音を止めもせず、一目散に家に向かって走り出していた。

従弟のことなんか気にも止めなかった。殆ど息もせずに走ったものだから、心臓がどきどきして、目の玉が顔から飛び出そうになったよ。

家の門の所にはすでに従姉が立って待っていた。もう真っ暗で周りの様子はよくわからなかったけど、従姉の姿だけははっきり見えた。服の色までも鮮やかに分かったし、実際にはないはずの光が彼女の瞳の中だけに存在しているのも感じとった。

その夜は祖父母も従姉が僕たちと別々に帰ってきているのに気が付かず、いつものように時が過ぎた。ただ、もう少し祖父母が敏感であったなら、僕が妙に寡黙になっているのに気付いたはずだよ。

それからは毎日、従姉と僕たちが別々に帰る日が続いた。従姉が去った後はいつも僕はじっと押し黙ってただひたすらアラームが鳴るのを待った。従弟は時々僕にちょっかいをかけ、遊びに誘おうとしたが、僕は無視したんだ。

従姉がいないというのに、どうして、従弟なんかとふざけあわなけりゃいけないんだ？

従弟は痺れを切らし、アラームが鳴る前に帰ろうと言い出すこともあったけど、僕の足は根が生えたようになって、どうしてもその場を離れられなかったんだ。

僕と従弟の間にはそれからずっと重苦しい雰囲気が覆いかぶさっていたけれども、従姉は一日中楽しそうで時々は思い出し笑いもした。そして、待ち合わせの時間にもだんだんと遅れ気味になり、そして、必ず遅れるようになり、その結果、三人が家に帰る時間がおそくなり、毎日のように祖父母に注意されるようになった。そんな時、従弟は僕と従姉の顔を見比べ何か言い出しそうにしていたが、従姉は祖父母には決して見られないように従弟に刺すような視線を向け、その唇を凍り付かせた。

最初に異変を口に出したのは僕ではなく、従弟だった。従姉が走り去った直後、独り言のように言ったんだ。

「最近、お姉ちゃん、変だね」

と、従弟に言われて、僕はわざと首をかしげた。

「変てどこが？」

「前は真っ暗になるまで、僕らと一緒に遊んでいたのに、この頃は日が沈みかけると一人で帰っちゃうんだ」

「そんなに変かなあ？」

「それだけじゃなくて、一日中、ぼうっとしていて、宿題も間違った答えばかり教えるんだ」

「…………」

「ねえ、一ちゃん、お祖母ちゃんに言おうよ」

「言うって、何を？」

「お姉ちゃんと僕らは別々に帰ってるって」

「駄目だ！　駄目だ！」僕は従弟の胸倉を摑んで目を睨み付けた。「ぜったい、言っちゃ駄目だ！」

「だって」

「だっても糞もあるか！」

僕は従弟を地面に突き倒した。

「何するんだよ！　お祖母ちゃんに言いつけるぞ！」

「もし、言ったらこうだぞ！」

僕は倒れている従弟を何度も蹴った。可哀そうに従弟はぎゃあぎゃあと泣き出した。泣き声を聞いて僕は我に返って、蹴るのを止めた。

「ごめんよ、正ちゃん」

「言わないよ！　言わないよ！　絶対、言わないよ！」従弟は泣き止まなかった。「絶対、言わないからもう蹴らないでよ」

「もう蹴らないよ」僕は従弟の手を摑んで引き起こした。「もう、泣き止みなよ」

「ほんとに蹴らない？」従弟はしゃくりあげながら、僕を上目遣いに見た。「でも、どうして、お祖母ちゃんに、お姉ちゃんが僕らを放ってどっかに行ってることを言っちゃいけないの？」

「決まってるよ。そんなことを言ったら、優ちゃん、また怒られちゃうよ。正ちゃんは優ちゃんが怒られてもいいのかい？」

従弟は首を振った。

「じゃあ、このことはお祖母ちゃんとお祖父ちゃんには内緒だよ」

「でも、どうするの？　お姉ちゃんほっとくの？」

「ほっといたりしない。僕はやっと決心がついたんだ」

僕は走り出した。

従姉の姿はすでに見えなくなっていたけど、彼女の行き先は察しがついていた。彼女は小屋に向かっていたんだ。従兄弟《いとこ》たちが大勢遊びに来ていた頃は毎日のように使っていたのに、最近はめっきり寄り付かなくなった小屋だ。そう言えば、従姉は様子がおかしくなってからは決して僕たちを小屋の近くで遊ばせようとはしなかった。きっと、あの小屋に何か秘密があるんだろう。

僕は八歳なりの全速力で小屋に向かった。

丘の横を走り抜ける時に視野の端に何かが見えたんだ。最初は丘の上に枝の少ない木が立っているのかと思った。でも、その丘の上には木なんかなかったはずだったんだ。僕は立ち止まって丘の上を見上げた。あいつがいた。あいつは夏なのに全身真っ黒な服を着込んでいた。背はとても高くて、二メートル近い大男だった。僕とあいつの距離は五十メートル程もあったが、僕を睨んでいるのがはっきりとわかった。あいつはゆっくりと近付いてきた。僕は全身が硬直して一歩も進めなかった。あいつは十メートルまで近付いて立ち止まった。顔色は青白くこの世のものではなかった。ただ、目だけは血のように赤かった。それから、一分間はあいつも僕も微動だにせずにじっと睨み合っていた。いや、本当のことを言うと僕はあいつの視線で地面に打ち付けられていたんだ。あいつは歯を見せて笑って言った。

「小僧、何を急いでいた？」

初め、声はあいつの口からではなくて、地面の底から聞えてくるのかと思った。今でもそう疑ってる。

「別に急いでなんかいないよ」

「嘘をつけ！　そんなに息をきらしているではないか！」あいつはまた歯を見せて笑った。「まあ、いい。俺にはすでにわかっている。あの娘を追っているんだな」

あいつはさらに僕に近付いてきた。

「小僧！　もっと俺によく顔を見せろ！」

僕は逃げようとしたが逆にあいつの方に一歩踏み出してしまった。

「そうだ。いい子だ」

あいつは目前にまでやってきた。僕はあいつに目を見られるのを防ぐためになんとか顔をあいつからそむけた。

「そんなに小さいのによくがんばるなあ。お前はあの娘の弟か？」あいつはしゃがんでわざと僕の顔に息を吹き掛けた。「そうか。従弟か。お前、あの娘が好きなのか？」

僕は歯をくいしばって耐えた。

「なるほど。……ところで、お前知ってるか？　いとこどうしは結婚できるんだぞ」あいつは歯を見せた。「お前、あの娘と結婚したいか？」

ついにあいつは僕の目を覗きこんだ。あいつの視線が僕の脳細胞一つ一つに突き刺さり、全身が細かく痙攣《けいれん》した。

「餓鬼の癖に色気付きやがって！」あいつは僕の両肩に手を置いた。「残念だな。あの娘はもう俺のものだ。……ただ、あの娘がお前を欲しがったとしたら、俺は別に拘束しようとはしないがな」あいつは僕の両耳に自分の両手の中指を入れた。「今いいことを思い付いた。おもしろいゲームだ。お前は自由にしてやろう。そして、何ができるか、俺に見せてみろ！」

あいつは立ち上がって僕に背を向けてゆっくりと小屋の方に向かって進んだ。

「お前は運がいいぞ」あいつは振り向かなかったけど、声は正面を向いてるのと同じようにはっきりと聞えた。「もし、お前があと五歳年上だったら、俺は容赦しなかっただろう」

僕はあいつの姿が完全に見えなくなるまで、動けなかった。そして、動けるようになっても、小屋に向かうことはどうしてもできなかった。そんな自分が情けなくてわんわん泣き出したんだ。その時、草むらから、従弟が飛び出してきた。やっと、追いついたらしかった。

「一ちゃんどうしたの？」

と、従弟は心配そうに言った。僕は、なんでもない、と言いたかったんだけど、どうしても泣くのをやめることができずに、泣き続けた。そのうち、従弟もそんな僕を見て恐怖を感じたらしく、彼までも泣き出してしまったんだ。そして、そのまま二人は腕時計のアラームが鳴り出すまで、悪霊たちが跋扈《ばっこ》する荒れ地で泣き続けた。

アラームが鳴り出すと、不思議に気が楽になったんだ。小屋にも時計があったから、従姉も今小屋から出て、家に向かったはずだ。そう、今、彼女はあいつから解放されているはずだ。僕は待ち合わせ場所に向かって歩きながら、従弟に言った。

「大変なことになってるんだ。これから、僕が言うことをよく聞くんだ。いいね」

従弟は頷いた。

「まず、家に帰ったら、お祖母ちゃんに二人で明日は餃子を食べたいって言うんだ」

「僕、餃子はあまり好きじゃないよ」

「好きじゃなくてもいいから、そう言うんだ！　それもお祖母ちゃんの手作り餃子がいいって言うんだ」

「嫌だよ。お祖母ちゃんの手作り餃子はにんにくが入り過ぎていて、とても臭いんだよ」

「それが目的だよ。絶対、そう言うんだ。いいか?!」

従弟はしぶしぶ頷いた。

「それから、家中から鏡を集めるんだ」

「集めてどうするの？」

「小屋の周りにかけておくんだ」

「小屋って？」

「叔父さんの勉強部屋だよ」

「でも、僕、鏡台なんて持てないよ」

「そんな、大きなものでなくていいよ。もっと小さな、手で持てるやつを集めるんだ。それから釘と金槌もいる。確かお祖父ちゃんの道具箱に入ってた」

「何に使うの？」

「小屋の周りに釘を打ち付けて、それに鏡をひっかけるんだ。手鏡なんかはひっかけるところがないから、紐で括って吊さなきゃならない。それから、十字架がいる。正ちゃん、どこか、十字架があるところ知らないかい？」

「教会とかにあるよ」

「この村には教会なんかないよ。うちの中にはないかな？」

「お祖父ちゃんに作ってもらおうよ」

「だめだよ。そんなことを頼んだら、理由をきかれるじゃないか」

「理由を言えばいいじゃないか」

「本当のことを言っても信じてくれないし、信じて貰えるような嘘も思い付けないよ」

「本当のことを言えば信じてくれるかもしれないよ」

「そんなことになったら、もっとまずいよ。あいつは僕が子供だから見逃してくれた。でも、年寄りは見逃さないのかもしれないもの」

訳がわからず、頭をかかえる従弟と共に待ち合わせ場所でしばらく待っていると、いつものように、うきうきした様子の従姉が現れた。

「あら、どうしたの？　喧嘩でもしたの？　目が真っ赤よ。正ちゃんは服が泥だらけだわ」

「あのね」従弟はまた泣き出しそうになっていた。「一ちゃんが押したんだ。それから、蹴ったんだ」

「まあ、一ちゃん、どうしてそんなことしたの？」

「何でもないよ」

「何でもないはずないでしょ！　さあ、ちゃんと言って」

「じゃあ、優ちゃんはどうなんだよ！」

「えっ？　わたしが何かした？」

「いつも、僕たちをほったらかしにして、どこかに行ってるじゃないか！」

「それは……」

「優ちゃん、自分勝手だよ。それは言えないって言うんだろ！　でも、僕は知ってるんだ、あいつのことを！」

一瞬、従姉の目付きが人間でないものになった。しかし、それはほんの一瞬で従弟には全然、気付かれない程度だった。

「一ちゃん、何のことを言ってるの？」

「優ちゃん、あいつにはもう会わないでおいたほうがいいよ」

「だから、何のことを言ってるの？」従姉はしらを切り通すつもりのようだったよ。

「わたし、全然、わからないわ」

「あいつだよ。背が高くて、真っ黒な服を着て、目が真っ赤で、歯を見せて笑って、地獄の声を持ったやつだよ。今日、優ちゃんと小屋にいたあいつだよ」

従姉の顔色が変わった。

「お祖母ちゃんには言ったの？」

「ううん、今日初めて見たんだ」

「じゃあ、会ったのね、あの人に」

「うん」

「言うの？」

「言わない」僕と従姉はいつしか睨み合っていた。「でも、もう、明日からは小屋に行っちゃだめだ」

「どうして？　一ちゃんには関係ないでしょ！」

「関係あるよ。あいつは僕と話したんだ」

「えっ？　なんですって？　そんなこと聞いてないわ。いったい何を話したの？」

「あいつに脅かされたんだ。優ちゃんは自分のものだって。僕が近付くと容赦しないって」

確かに嘘だったよ。でも、真実はもっと恐ろしかった。

「嘘だわ！」

「嘘じゃないよ。あいつはそう言ったんだ」

「もし、本当にそう言ったんだとしたら、それはあの人が一ちゃんをからかったのよ」

家の玄関に着いた。僕と従姉は睨み合ったまま、無言で立ち尽くしていたし、従弟はめそめそべそをかき続けていた。

「いつまでもこうしてられないわ。続きはまた明日にしよう」従姉は家に入った。

「あらあら、正ちゃん、どうしたの？」

家に入ると、泥だらけで泣きじゃくる従弟に祖母が問い掛けた。一瞬、どうごまかそうか迷ったが、すぐに従姉が代わって説明してくれた。

「一ちゃんと正ちゃんが相撲をしてて、つい本気になっちゃったのよ」

「おやおや、それは大変だったね」祖母はほっとしたようだったよ。「それなら、御飯より先にお風呂にするかい？」

「うん。そうする」僕は従姉の顔を見ながら言った。「優ちゃんと一緒に入る」

「えっ?!　今日は駄目よ」従姉は少し戸惑っていた。「お祖母ちゃんと入ってよ」

「すまないけど、わたしは今日ちょっと風邪気味でね」祖母が言った。「昨日、寝冷えをしてしまったようなんだよ。悪いけど、この子たちを風呂に入れてくれないかね？」

「じゃあ、お祖父ちゃんに入れて貰えばいいじゃない！」従姉はぐずった。

「僕は優ちゃんと入る」僕は従姉の目を見ながら言った。「ねえ、優ちゃん、いいだろ」

「ええ、いいわ」従姉は目をそらせた。「でも、あまり、暴れないでね」

「わたし、風邪なんかひいて悪いことしたねえ。やっぱり、お祖母ちゃんが入れてあげようか？」

従姉は祖母の言葉を聞いて少し顔色がよくなったが、僕の目を見てまた目を伏せてこう言った。

「ううん、私が入れるわ。お祖母ちゃんは薬でも飲んで今日は早く寝てね」

従姉が話している間中、僕の目は従姉にこう訴えかけていた。

僕らと一緒に風呂に入ると言うんだ。さもないと、お祖母ちゃんにあいつのことを教えてしまうよ。

本当は教えることなんかできなかったんだ。でも、従姉はそんなこととは知らず、僕の計略にかかってしまったのさ。

僕と従姉と泣き続ける従弟は一緒に風呂に入った。

「何よ。あんまりじろじろ見ないでよ。いやらしい子ねえ」

僕は悲しかったよ。自分から従姉に嫌われるようなことをしなくてはならなかったんだ。でも、これはとても、重要なことだったんだ。たとえ、嫌われてもしようがない。これは従姉のためなんだと自分に言い聞かせた。そして、目的のものを発見した。本当はないことを祈っていたんだがね。でも、それはあった。小さかったが確かに従姉の首筋にあった。僕がそれを発見した次の瞬間、彼女も僕が見つけたことに気付いたようだった。素早く、手で首筋を押さえた。そして、あいつと同じ目で僕を見たんだ。一瞬の間だけ、従姉は従姉でなくなったんだと思う。そうでなければ、あれほど憎しみの籠った目で僕を見るはずがないもの。その時、僕は不安になっていたんだ。果たしてまだ間に合うのか？　従姉とあいつはもう何回ぐらい会っているのだろうか？　確か、一度や二度では大丈夫なはずだったけど……とにかく急がなくては。

風呂から上がると、祖父母は食卓で待っていた。

「一ちゃん、相撲で正ちゃんを泣かしてしまったんだって？」

呑気に祖父が訊いた。

「うん。ちょっと、力が入り過ぎたんだ」

「正ちゃん、怪我はなかったのかい？」

「えっと。あのね……」従弟はちらりと僕の方を見た。「大丈夫」

「そうか。それならいいが、これからは気をつけて遊ぶんだよ」

「うん、わかった」僕はできるだけ、元気に言って、今度は祖母の方に話しかけた。

「ねえ、お祖母ちゃん、明日は餃子にしてよ」

「ええっ！　餃子かい？　でもね、もう明日の料理は決めてあるんだけどね。材料も買ってあるんだよ。餃子にするなら、明日、また買いに行かなきゃならないんだけど。でも、どうしても、餃子を食べたいのなら、明日、買ってくるけど」

「どうしても、食べたい！　なっ！　正ちゃんも食べたいだろ！」

「僕……食べたい、どうしても」

「そうかい。なら、仕方ないね。明日、生餃子を買ってくるよ」

「お祖母ちゃんの手作りがいい！」

「でも、手作り餃子がどうしても食べたいんだよ。とても、手作り餃子は無理だよ」

「そうなのかい、正ちゃん？」

「あのね……僕……」

従弟は僕と従姉を交互に横目で見て、黙って俯いてしくしく泣き出した。

「おやおや、そんなにお祖母ちゃんの手作り餃子がいいのかい？　困ったわねえ。じゃあ、明後日じゃあ、だめかな？　それなら、お祖母ちゃんも作れるよ。材料も明日の夕方に買ってくればいいし」

ああ、それでは間に合わない。しかし、これ以上ごねて、祖母の機嫌を損ねたりしたら逆効果だ。

「うん。それでいい」

「正ちゃんはどうかな？」

従弟は本格的に泣き出した。

従弟は頼りになりそうにもなかったので、僕はその晩、一人で家中の鏡を集めて回った。鏡が使えるというのは僕のあやふやな記憶でしかなかった。しかし、その知識を得た本はここには持ってきてなかったし、村の本屋には恐らく売っていないだろう。集めた鏡はこっそり下駄箱の奥に隠した。もし、見咎められたら、夏休みの自由研究の実験に使うと言い訳するつもりだった。もちろん、そんな宿題なんかなかったけれど。

次の日、僕も従姉も朝からそわそわ落ち着きがなかった。そして、夕暮れを恐怖と期待を込めて待ったんだ。昼寝の時間、僕はこっそりと、家を抜け出して、小屋に向かった。それまで、僕は一度も昼寝をサボったことはなかった。だから、祖父母は安心しているはずだ。よしんば、僕がいないことが発見されたとしても、少し、お目玉をくうだけですむはずだ。

小屋に着くと、僕ははたと考え込んでしまった。はたして、小屋にやってくるのは、どっちが先だろう？　従姉か？　それとも、あいつか？　昨日に限って言えば、従姉の方が早かった。あれは偶然だろうか？　いつものことだろうか？　従姉が小屋に向けて出発する時間はいつも日没より少し早い。小屋に着くのは、ちょうど日没ぐらいだろう。あいつがどこに潜んでいるかはわからないが、あいつは日没後に出発しているはずだ。となれば、小屋に到着するのは常に従姉が先ということになる。僕は小屋の近くの茂みの中に家中から集めた十個程の鏡を隠した。

結局、十字架は見つからなかった。鏡だけでなんとかなればいいけど。

その日の夕暮れ、従姉が走り出した後、すぐに僕も従弟を一人にして走り出した。その日はあいつに見つからないように、従姉とは別の道を通ったんだ。その道は林の中を突っ切っていく道で、大人は屈まなければ、木の枝に頭をぶつけてしまうので、誰も通らない。でも、八歳の子供にはなんの障害にもならなかったし、実はその道を通るほうが近道だったんだ。

小屋には電灯がついていて、すでに、従姉は到着しているようだった。僕は茂みから鏡を取り出して、昼間こっそり小屋の外壁のあちこちに打ち付けておいた釘に鏡をかけて回った。そして、ちょうどかけ終わった時、僕は凄まじい悪寒に襲われた。僕は体が勝手に縮まってしまい、立ち上がることができなくなった。僕は這って、茂みの中にかくれた。

あいつが来たんだ。

あいつは丘を越えてゆっくりとやってきた。まだ、日が沈んだところだったので、周囲はうすぼんやりと明るかったが、あいつの周りだけは真の闇が広がっていて、表情を判別する事も難しかったが、ただ赤い目と白い歯だけは見て取れた。あいつは小屋の周りの鏡には気付かない様子で、そのまま近付き、ドアのノブに手をかけようとした。その手がぴたりと止まった。ドアにも鏡がかけてあった。あいつの姿はドアの前からかき消えた。慌てて見直すと、あいつはドアから三十メートルも後退していた。

「小僧！　どこにいる？」

それは大きな声ではなかった。小屋の中の従姉には聞こえなかったと思う。しかし、僕のはらわたにはかなりこたえた。あいつはしばらく目をつぶると、歯を見せて笑い、真っ直ぐに僕の隠れている茂みの方に体を向けた。そして、手のしぐさで立ち上がるように促した。気が付いた時には僕は立ち上がって、あいつの方に進んでいた。しかし、僕の手はまだ僕の意志で動かせたんだ。僕はポケットに手を入れ、手鏡を差し出した。

あいつは歯を見せた。でも、笑ったわけじゃない。僕の足は止まった。

「小僧！　おまえ、よく知ってるな。本で読んだのか？」

僕は頷いた。

「あの時、おまえを解放しておいてよかった。おまえは俺を十分に楽しませてくれる」あいつはまた歯を見せて笑った。「しかし、おまえはまだまだだ。勝ったと思ってるかもしれないが……これを見ろ」

あいつは黒い手袋をはめた手を開いて見せた。いつの間にかそこには無数の小石が握られていた。

「鏡は小さくすればいい。俺の姿が映らないぐらいに」

あいつは小石を一つ投げた。殆ど音もせずにドアの鏡は砕け散った。あいつは次々に小石を投げ、ドアの周りの鏡を割っていった。最後に石は僕の手の手鏡に命中した。足元にガラスの破片が散乱した。

「おまえは面白いぞ。今日も助けてやる。明日も来い」

あいつはそう言うと、小屋のドアを開け、中に入っていった。一瞬、従姉の恍惚とした顔が見えたような気がした。

僕は大声で泣きながら——泣き声が従姉に聞こえる事を祈って、走り出した。右手はさっきの衝撃でまだ痺れていた。それどころか、何日も痺れたままだった。実を言うと、今でも、あいつらが動きだすような夜にはまた痺れてくるんだよ。

「今日も会ったよ」

「知ってる。聞いたわ。あの人はあなたをからかってるだけなのよ。子供が好きだから遊んであげてるつもりなのよ。あんまり変なことしちゃ駄目よ」

「違うよ。優ちゃんは知らないんだ。この鏡を見てよ」

「これ、わたしの鏡じゃない。割れてるわ！」

「あいつが割ったんだ」

「嘘！　どうして、そんなこと言うの？　なんで、わたしの鏡を割ったのよ？」

「優ちゃんの鏡だけじゃない。持っていった鏡を全部割られた訳じゃないけど、ドアのところとドアの近くの鏡と僕が持っていたこの優ちゃんの鏡は割られてしまったんだ」

「いったい、どんなことをしたの？」

「小屋の周りに吊っておいたんだ」

「なんだか、気味の悪いことをしたのね。きっと、あの人は暗くてよく見えずに服にひっ掛けるかなにかして、落として割ってしまったのね」

「違う。あいつは石をぶつけて割ったんだ」

「どうして、あの人がそんなことをするのよ?!　いい加減なこと言わないで」

「あいつは鏡が嫌なんだよ。鏡にあいつの姿は……」

「とにかく、これからは気味の悪いことは止めてよね。その鏡、お気に入りだったんだから。それから、鏡を割ったことはわたしからお祖母ちゃんに言っておくわ。理由は適当にごまかすから。……本当に感謝してほしいわ」

その晩は殆ど眠れなかった。敗北感で僕の魂はぼろぼろになっていたんだ。鏡があれほど無力だとは思わなかった。明日になればにんにくが手に入るが、それだけでは心許無い。なんとかして十字架を手に入れなきゃ。どうしよう?　十字架を買ってくれとだだをこねようか?　どうして、十字架を欲しがるか訳を聞きたがるだろうな。じゃあ、自分で作ろうか?　林の中には木の枝がたくさん落ちているから材料にできるだろうし、長さの違う二つの枝を紐で括り付ければいいんじゃないかな?　でも、木の枝じゃあ効果はないかもしれない。もっと、ちゃんと作らなきゃ。ぶ厚い板を十字架の形に切り抜くんだ。足し算の記号の＋みたいにじゃなくて、もっと先っちょが膨らんだ形にした方がいいのかもしれないし、キリストの人形もいるのかもしれない。そんなの僕にはとても無理だ。仕方がない。とにかく、木の枝で十字架をつくることにしよう。

次の日は朝から、なかなか台所に行く機会がなかった。時々、台所の近くに様子を探りに行くんだが、いつも、従姉か祖母がいるし、たまたま誰もいなくても、にんにくを探している間にどちらかがすぐに戻って来る。そうこうしている間に、昼寝の時間も終わってしまった。これは正直言って、まずいと思った。このままでは小屋ににんにくを仕掛けに行くための時間がとれない。もちろん、次の日にもチャンスはあるかもしれないが、今日が最後の日で明日は手遅れかもしれない。

「今日は遊びに行かない」僕は宣言した。「おなかが痛いんだ」

「それはいけないねえ」祖母は心配そうに言った。「トイレには行ったのかい？」

「うん」

「それでも治らないの？」

「ちょっと治った」もう、僕は祖母の目もまともに見ることができなくなった。「でも、まだちょっと痛い」

「困ったねえ。お医者行くかい？」

「行かなくてもいいと思う」

「行っといた方がいいぞ」祖父が心配そうに言った。「大事になったら大変だ」

医者に行っている暇はないし、仮病がばれる恐れもある。なんとか、行かなくてもいい理由を考えなくちゃ。

「おうちでもこんなふうに痛くなったけど、ちょっと寝てたら治ったよ」

頼むから、両親に電話で問い合わせたりしませんように。

「でも、病院で診てもらった方が安心だぞ。よし、わしが連れて行ってやろう」

そして、僕は医者に文字通り痛くもない腹を探られた。病院に着くと、直ぐに腹痛が治ったことを主張したため、祖父からも医者からも不審がられたが、実際、診察ではなんの異常も発見されなかったので、薬だけもらって帰ることになった。医者はストレスから来る神経性のものだとか適当な説明をしていたけれど、祖父はそれを真剣に聞いて、何かメモしていたよ。

家に帰るころには暗くなりかけていて僕は少し焦った。

「どうだった」

と、祖母が心配そうに訊いた。

「神経性のものらしい。ストレスが原因だそうだ」

「ストレス？　いったい、この子にどんなストレスがあるというのかしら？」

大人になると皆、忘れてしまうが、子供の心はストレスで満ちている。日々の宿題を忘れるだけで目の前が真っ暗になる。友達の消しゴムが香り付きの美しい色をしたプラスチック製なのに自分のそれが、鼠色をしたまさしくゴムの臭いのするゴム製の消しゴムだったりすれば、この世の終わりが来たような気分だ。遠足の時、新しくおろした自分の弁当箱の蓋に女の子向きのキャラクターがついていたりしたら、死にたくなる。しかし、その時の僕の感じていたストレスはそれらの比ではなかった。そして、祖父母たちがストレスについて、あれこれ言って、この場に僕を足留めすること自体がストレスを生んだ。もっとも、このストレスが僕を本当の胃炎にしたのはもっと後でだったけれど。

結局、僕は布団に寝かされてしまった。祖父は自分の部屋に戻って、本でも読み出したらしい。祖母は台所で夕食の準備をしている。そう餃子の準備だ。もう、にんにくは刻まれてしまったんだろうか？　おや、だれか客がきたようだ。ああ、どうか、お祖父ちゃんでなく、お祖母ちゃんが応対に出ますように。

客ではなく、御用聞きだったようだ。僕は布団から飛び起き、台所へ向かった。大急ぎで、しかも音を立てずに。

なんとか、祖母の目を盗んで、にんにくを手にいれるために、台所に入ることができた。にんにくはすぐに見つかったが、あまりの量の少なさにがっくりとなった。ほんの数個だったんだ。恐らく、殆ど全部餃子に使ってしまったんだろう。しかし、ぐずぐずしている暇はない。僕はにんにくを摑むと、勝手口で注文している祖母に見つからないように台所から出て、玄関を飛び出し、一目散に小屋に向かって走り出した。

もう、日は完全に山の向こうに消えていた。間に合わないかもしれない。昨日寝ていないので、かなりきつい。あいつが来る方向から暗雲がどんどん流れてきていた。

小屋の前に辿り着くとすでに足元にはあいつからの冷気が立ち込めていた。いちかばちか、僕は小屋の周りににんにくをかけることにした。幸い、昨日、鏡をかけた釘が残っていたため、比較的容易に作業は進んだ。やっと、全てのにんにくをつけ終わって、後ろを振り向くと、ぼくは腰を抜かしてしまった。

あいつは十メートル程離れたところから僕を見ていたのだ。僕は立ち上がることができずにただただ呆然とあいつを見上げていたんだ。

「ほう。今日はオーソドックスな手だな」あいつは殆ど体を動かさずに、僕の方にやってきた。「可哀そうに、にんにくを集めるのに苦労したな。そうか、祖母さんから失敬してきたのか。しかし、残念なニュースがある。おまえが知らなかったことがあるんだ。もちろん、知らなくたって、おまえのせいじゃない。こんなことを知ってる奴は殆どいない。鏡のことよりももっと知られていないからな。おまえはこの言葉を知っているか？　えいぜいとうとふ」

僕は首を振った。

「そうだろう。俺の父親の名前だ。そして、俺はえいぜいとうとふの洗礼を受けた。昔の俺じゃない」

あいつはそう言ってにんにくを釘からむしり取ると、そのまま齧って食べてしまった。そして、歯を見せて笑った。

「しかし、なかなか頑張った。今日も合格だ」

僕はそのまま気を失ってしまった。

気がつくと、僕は従姉に揺り動かされていた。そこはまだ小屋の入り口だった。あいつの姿はもうなかった。僕は従姉の顔を見て大声で泣き出してしまった。

「一ちゃん、いったい、どうしてこんなところで寝てたの？　いつから、ここにいたの？」

僕は何も答えることができず、赤ん坊のように泣き続けた。従姉は僕をおぶって家にまで運んでくれた。

「ねえ、一ちゃん、どうしてあの人のことを悪く言うの？　わたしの友達のことを一ちゃんが悪く言ったりしたら、なんだか悲しいな」

　これは本当の従姉だろうか？

「そりゃあ、あの人のことを一ちゃんに秘密にしておいたのは悪かったけれど、でも、毎日、待ち伏せして変なことしたりするのは一ちゃんが悪いと思う」

　僕の指の先に滴が垂れた。従姉も泣いていたんだ。

「こんど、一ちゃんや正ちゃんにも会って貰おうと思ってたのよ。そして、四人で一緒にピクニックに行こうって話し合ってたのよ。でも、一ちゃんがそんなにあの人を嫌うんだったら、一緒に遊びになんか行けないわ。わたし、一ちゃんにもあの人のこと好きになって欲しいの。でも、どうしてもできないなら、無理にあの人と仲良くしなくてもいいわ。ただ、あの人のことを悪く言ったり、今日みたいに待ち伏せしたりしないで。一ちゃん、今日、待ち伏せしてたんでしょう？　おなかが痛いのに無理して、小屋に来たりしたから、気分が悪くなって、眠っちゃったんでしょ。言わなくても、わかるのよ。ああ、わたしどうすればいいんだろう？……」

　従姉は咽び出した。

　ああ、今は確実に本当の従姉だ。

僕は従姉に何も言えなかった。ただただ、僕も泣くだけしかなかったんだ。そして、僕はひしひしと感じていたんだ。従姉が従姉でいられるのは明日が最後だろうと、明日の晩、従姉があいつに会ったら、もう取り返しはつかない。すべては終わってしまい、もう二度と従姉は僕のところには戻ってきてくれない。なぜそれがわかったのか、説明することはできない。従姉の背中から僕に伝わる温もりから感じとったとしか言えない。

待ち合わせの場所で従弟は鼻汁をずるずる垂らしながら泣いていた。しばらく、その場で三人はわあわあ泣いていた。そして、三人とも泣き止んでから、家に帰ったんだ。

「おやまあ、一ちゃんも一緒だったのかい」祖父は僕らを見るなりほっとして言った。

「姿が見えないから、お祖母ちゃんが探しに行ってるんだよ」

僕は胸騒ぎを覚えた。もし、あいつが祖母に出会ったら、どうするかと考えてしまったんだ。僕を見逃したのは僕が無力な子供だったからというのが理由の一つだ。そういう意味では無力な老婆にもチャンスがある。だが、あいつが僕を見逃したのには別の理由もあった。そう、あいつは僕とならゲームを楽しめると思ったんだ。果たして、あいつは祖母をどのように扱うのか、僕には全く想像もつかなかった。

ドアが開いた。祖母が立っていた。

「やっぱり、あんたたちだったんだね」祖母は疲れた声で言った。「そこの道で人影をみたから、そうだと思ったんだよ。いやね、あんたたちを探しに丘のほうまで行ったんだけどね。知らない人がいて、ちょっとびっくりしたよ」

従姉と僕は同時にびくりと体を震わせた。

「それが驚くほどの大男でね。まあ、二メートルはなかったと思うけど、この暑いのにすっぽりと黒い服を着込んでるんだよ。気味が悪いから、近付かずに離れて見ていたんだけどね。向こうの方からこっちに気が付いて、近寄ってきたんだよ。そして、今晩はって、挨拶するから、こっちも今晩はって言ったんだよ。そしたら、ご近所の方ですかって言うから、近所も何もここはわたしらの土地ですって言うと、驚いたようで、これは失礼いたしました、他人の土地に無断で立ち入る気はさらさらなかったんですが、なにぶん、この辺りは不案内で近道をしようとついうっかり迷い込んでしまいました。すぐに退散しますって言うから、いえいえ、柵も何もしてないんだから、勝手に入って来たって誰も文句は言えない。第一、村の者は皆この土地を通り道にしている。あんただけとおせんぼするわけにはいかない。どうぞ、好きなだけ通って下さい。ところで、あんた見掛けない顔だけれどどこの人かねって、訊いたら、わたしはこの夏の間だけ、別荘を借りているものですって。ええと、名前も聞いたはずなんだけれど、忘れてしまったわ」

「ああ、知っとる。知っとる」祖父が口を挟んだ。「その人は田中の定《さだ》のところの貸別荘に泊まっている人だよ。背が高いって言ってたから、間違いない。確か、あいつんとこの妹の嫁ぎ先の親戚だとか言ってたな」

「ああ、田中さんとこの親戚かい。それなら、安心だ」そして、祖母は僕らの方を向いた。「さあ、皆、早く餃子を食べよう」

「それから、その人は何か言った？」僕は祖母に尋ねた。

「えっ？」

「今、言ってた背の高い男の人は別荘に泊まってるって言っただけで話は終わったの？それとも、他にも何か言ってから別れたの？」

「ああ、そう言えば、何か言ってたような気もするねえ」

「何て言ってたの？」

「何でもいいじゃないの？」従姉は話を切り上げさせようとした。「そんなことより早く餃子を食べましょうよ」

「そうそう。餃子、餃子」祖父も話にはあまり興味がないようだった。

でも、僕はどうしても話を聞きたかったんだ。なぜなら、何の意味もないのにあいつが祖母に話しかけたとは思えなかったからだよ。あいつはきっと祖母に僕か従姉への伝言を託したはずだと感じたんだ。もちろん、祖母は自分が知らぬ間にメッセンジャーにされていたとは気付いてはいなかったが。

「話の途中で終わったら、気になって餃子が喉を通らないよ」僕はだだをこねた。「ちゃんと、全部話をしてよ！」

「仕方無い子だねえ」祖母は僕がだだをこねる様がおかしいのか、笑いながら言った。

「ええとね。あの男の人は、お宅にはお孫さんか誰か小さい子はいますか？　って訊いたんだよ。それで、お祖母ちゃんは、ええ、普段は年寄りの二人暮らしですけど、夏の間は孫たちが遊びに来てくれることになってまして、今もちびっこたちが三人もうちにいますって言ったよ」

「ちびっこ三人て誰?」従弟は不思議そうに訊いた。

「決まってるじゃないの。優ちゃんと正ちゃんと一ちゃんじゃないの」

「ええ?　優ちゃんもちびっこ?」

「そうそう。その男の人も同じことを言ってたよ。三人のちびっこがいるって言ったら、お孫さん達のお年はお幾つですか?　って言うから、上の女の子が十五歳で、下の二人の男の子たちが八歳ですって言ったら、十五歳の女の子はちびっこじゃない、立派な娘さんだって言ったんだよ。それから、きっと、お祖母さんに似て器量よしだろうから、せいぜい、悪い虫が付かないように気をつけなさいって言うんだけど、お祖母ちゃんは、いえいえ、まだまだ子供なんでそんな心配は御無用ですって言ったのよ。そしたら、男の子たちはやんちゃの盛りでしょう。僕は子供たちが好きでね。どうですか。今度、僕が子供たちを山にでも連れていって、遊んであげましょうか?　って言うんだけど、そんな見も知らない人に連れてって貰うわけにはいかないだろう。適当に断ったんだけど、そしたら、……」祖母は口ごもった。

「そしたら、どうしたの?」僕は焦って尋ねた。

「そしたら、そう言えば、妙なことを言ってたわね。きっと、男の子の一人はやんちゃでしょう。でも、手に負えないほどじゃない。だから、うまく遊んであげられます。でも、もしやんちゃが過ぎたら、甘やかしてはいけません。そんな時は容赦しないのがいいのです。でも、そんなことにはならないでしょう。僕らのゲームはきっと明日で終わるでしょうから」

僕は背骨に氷の柱を通されたような気がした。

「どういう意味だったんだろう」祖母は首を傾げた。「あんたたち、あの人のことを知ってるのかい？」

僕らは皆首を振った。

「そうだろうねえ。じゃあ、なんのことを言ってたんだろう？」

「おおかた、誰か他の家の子と間違えたんだろう」祖父が能天気に言った。「それとも、おまえが聞き間違えたか、その男があまり利口でなかったんで言葉の使い方が変になってしまったんだろう。さあ、早く行こう。もう餃子はすっかり冷めてしまった。もう一度、温め直さなければならんぞ」

祖父の言った通り、餃子はすっかり冷めていた。祖母は大皿にまとめて盛ってある餃子を温めるために台所に運んでいった。従姉はその祖母の後ろ姿を不思議そうな顔で眺めていたかと思うとぽつりと言った。

「わたし、今日は餃子いらないわ」

「こりゃまた、どういう風の吹きまわしかな？」祖父がおどけた。「いつも、お祖母ちゃんのにんにく臭々餃子は大好物だと言って、一人で何十個も食べてたのに。さっきも早く食べようって急《せ》かしてたくせに」

「うん。いつもはいくら食べても食べ飽きないんだけど、なんだか、食べたいって気がしないの。何て言うか、見ているだけでむかむかするわ」

ああ、何てことだろう！　従姉は餃子が食べられないと言う。ひょっとすると、もう手遅れなのか？　いや、そんなはずはない。今日だって太陽の下、従弟と遊んでいたはずではないか。でも、その後で、従姉はあいつと出会っている。いやいや、絶対、そんなことあるもんか！　さっき、従姉の背中から感じた温もりはあいつに由来するものではありえない。

「そんなことないよ」僕はきっと顔色を失っていただろう。「そんな気がするだけだよ。一口食べれば、気が変わるよ」

祖母が温め直した餃子を持って、台所から戻ってきた。

「何も無理して食べなくてもいいんだよ」台所から話を聞いていたらしく、祖母が言った。「どんな好物だって食べたくない時はあるもんだからねえ。それより、一ちゃん、あんたの方が心配だよ。おなかはもう大丈夫なのかい？　今日は食べない方がいいんじゃないの？」

腹痛は仮病だったし、餃子は僕も好物だった。なにより、にんにく入りの食べ物を食べておけば少しはあいつとましにわたりあえるかもしれないじゃないか。

「もう、完全に治っちゃった。早く食べよう。優ちゃんも食べようよ」

「そうね。じゃあ、一口だけ食べるわ」

「おい、ビール持ってきてくれ」

「はいはい。そうそう、御飯も出さなきゃね」

夕食の準備が整い、そして、いただきますと言うや否や、僕と従弟は餃子をぱくつき始めた。祖父母も僕らほどの勢いではないが、食べていた。でも、従姉は御飯を食べるばかりで、いっこうに餃子には箸をつけなかった。

「優ちゃん、早く食べなよ」

僕が急かすと、従姉は決心したように餃子に箸をつけた。そして、餃子を摘んで、口に持ってきたところで、従姉は大きくえずいて、餃子を床に落としてしまった。そして、口を押さえて、トイレに走っていった。

「どうしたんだろうね？　体調が悪いのかね？」祖母が心配そうに言った。「一ちゃん、食べたくないって言ってるものを無理に勧めちゃあだめだよ」

従姉の体はもうにんにくを受け付けなくなってしまったのだろうか？　張本人のあいつはにんにくが平気だというのに。きっと、えいぜいとうとふの洗礼を受ければ平気になるんだろうが、僕は従姉にそんなものを受けさせる気はなかった。さて、今、無理にでも従姉ににんにくを食べさせるべきだろうか？　それとも、食べさせるべきでないのだろうか？　食べさせることによって、あいつの呪縛は断ち切れるかもしれない。しかし、あいつの呪いがかかっている従姉の体は半分人間でなくなっている可能性もある。今、にんにくを食べれば、彼女の体に致命的な影響があるかもしれない。無理強いしないのが得策だろうか？　僕は今日のところは放っておくことに決めて、大急ぎで腹の中に餃子を詰め込んだ。

従姉はトイレから戻ってきて辛そうに言った。

「気分が悪いから、今日は晩御飯は抜いて早く寝るわ。お風呂も止めとくわ」

食事の後、祖父に風呂に入れられてから、寝間着に着替えて、寝室に行くと、従姉は布団の中で本を読んでいた。その本は手書き文字で、紐で綴じてあり、一目で手作りのものだとわかった。ただ、題名は漢字で書いてあったので、その頃の僕には読むことができなかった。

「優ちゃん、その本何？」僕は恐る恐る訊いてみた。

「友達から借りたの」

「あいつから？」

従姉はしばらく無言になってから、不機嫌そうに答えた。

「また、そんなこと言うの？　そんなことどうでもいいじゃない」

「あいつなんだね」

従姉は答えなかった。僕は答えを待たずに次の質問をした。

「その本を貸してくれる時、あいつ何か言った？」

「心がまえになるから、読んでおくようにって」

「何が書いてあるの？」

「よく、わからない。何だか難しいこと。歴史の本みたいでもあるし、科学の本みたいなところもあるの。本当は外国の本なんだけれど、あの人が自分で翻訳したって言ってたのよ」

「なんて題名の？」

「しょくきょうてんぎ」

もし、今、僕がその書名を聞いたら、目の玉が飛び出してるだろうが、その時は書名の持つ意味はわからなかったんだよ。もう、あの本は残っていない。あんなことになって、祖父母が処分してしまったのかもしれないな。わからないまでも、少し読んでおくべきだった。もし、そうしていたら、どんなに役立っていたことだろう。しかし、実際にはその本の内容は一語も知る機会がなかった。知っているのはその題名だけだ。

その夜も僕は眠れなかった。時々、従姉が未知の言語で寝言を言うので、なおさら眠れなかった。

次の日朝食を食べた後、僕は家を抜け出した。もちろん、十字架を探すためだった。荒れ地や林の中には代わりになりそうなものはなかった。僅かな小遣いを握り締めて、村中の店も回った。文房具屋、本屋、雑貨屋、金物屋、時計屋、駄菓子屋。ちょっとでも可能性のありそうな店があると、飛び込んで、店の者に訊いた。

「すみません」

「はいはい。なんですか?」

「十字架はありますか?」

「十字架? 今、十字架って言ったのかい?」

「はい、十字架です」

「十字架ってキリスト教の?」

「キリスト教じゃなくてもいいです」

「でも、十字架はみんなキリスト教だよ。いや、そう言えば、モルモン教っていうのも十字架だったかな? それとも、モルモン教はキリスト教の一派だったかな?……坊やはキリスト教なのかい?」

「僕はキリスト教じゃありません。でも、十字架がいるんです」

相手は少し考える。そして、手を打ってにやりと笑うんだ。

「ああ、吸血鬼ごっこをやるんだね。でもね、坊や、この店には今、十字架は置いてないんだ。きっと、取り寄せればあると思うんだけど、値段は今すぐにはわからないよ」

「取り寄せたら、今日、買えますか?」

「いくらなんでも、だめだよ。少なくとも、何日か。遅ければ、何週間かかかるよ」

「だったら、いいです。すみませんでした」

どの店でもこんな調子だった。そうやっているうちにだんだん日が傾いてきた。僕は林の中で木の枝を拾って、十字架を自作することにした。しかし、いざ、林に入って探してみると、なかなか手ごろな枝はなかった。小さな枝はさすがに効果がなさそうに思えた。かと言って、子供に扱えないほど大きくて、重い枝でもだめだ。大きさは手ごろでも、極端に曲がっていたり、二股にわかれているものもだめ、そうこうしているうちに、日暮れが近付いてきた。

その時になって、物置に長いホースがあったことを思い出した。二本のホースをプラスチックの接《つ》ぎ手で繋いであるから、三十メートル近くあったはずだ。そして、小屋のすぐ外には水道があった。

僕は慌てて家に帰って、物置に入ろうとしたが、鍵がかかっていた。僕は家に飛び込むと、大声で叫んだ。

「お祖父ちゃん、お祖母ちゃん、どこ?!」

祖父母が奥から出てきた。

「一ちゃん、いったい、どこに行ってたんだい？　探したんだよ。最近、勝手に出歩くことが多いようだけれど、そんなことじゃ、だめだよ。……」

祖母の小言はえんえんと続きそうだった。

「お祖母ちゃん、御小言は後で聞くよ。だから、今は僕のお願いを聞いてよ！」

「お願い？」祖母は怪訝そうに言った。「お願いって何だい？」

「あの……物置の鍵を開けて欲しいんだよ」

「物置？」祖父も不思議そうだった。「いったい、どういうわけかな？　まず、理由を聞いてからだ。悪戯だったら、承知しないぞ」

僕はすっかり、祖父母の信用をなくしていたようだったよ。さて、どう言ったものか？　本当の理由を言っても信じるわけはないし、今日はもう外に出してくれないだろう。今すぐ何か本当らしい理由をでっち上げなければならない。あまり、ぐずぐずしていると、話を作っていることがばれてしまう。早く、話しはじめなければ。ええい、ままよ！

「本当は三日前に言おうと思ってたんだよ。でも、今日まですっかり、忘れてたんだ」

「そりゃまた、随分、長い間、忘れてたもんだな」

さあ、早く思い付け！

「三日前に家に帰るとき、気付いたんだ。物置がおかしかったんだよ」

「どんなふうに？」祖母が尋ねた。

なんでも、いいから鍵を開けざるを得ないような話を！

「何か音がしていたんだ。とても、変な音だった」

「どんな感じの音だった？」

よし、なかなかいいぞ。

「よく聞いたら、泣き声だったんだ」

「人間の泣き声かい？」

人間の泣き声というのは言い過ぎだ。嘘っぽ過ぎる。

「ううん、人間の声じゃなくて、猫の声だった」

よし、その調子だ。でも、話に矛盾がないように気を付けるんだ。

「物置に猫が入れるような隙間はないよ」

「でも、確かに猫の声だったんだよ。どこかに隙間があるのかもしれないよ。ひょっとしたら、屋根に穴が開いてるのかもしれない。そこから、落ちて出られなくなったのかも」

「そんなことはないと思うがなあ」祖父は腕組みをした。「よし、とにかく、来なさい」

祖父は僕と祖母を物置の前まで連れていった。

「一ちゃん、猫の声は聞こえるかな？」

僕は入り口の戸に耳をくっつけた。

「よく、わからないよ。でも、少しだけ、息をしているような音がするよ」

祖父も耳を戸に付けた。

「お祖父ちゃんには聞こえないよ。猫はもういなくなったんじゃないかな？」

「そうかもしれないけど、まだ、中にいるのかもしれない。開けて見てみようよ」

「今日はもう遅いから開けて見るのは明日にしよう」

「今死にかかってるのかもしれないよ。明日になったら、死んでるかもしれないよ。もう死んでるかもしれないよ。明日まで待ってたら、腐りだすかもしれないよ」

祖父は目をつぶってしばらく考えてから言った。

「よし、開けて見よう。お祖母ちゃん、もう暗くなってきたから、家から懐中電灯を持ってきてくれないか」

その祖父の言葉で僕はますます焦りだした。もう太陽は完全に隠れているではないか。祖母はなかなか懐中電灯が見つからなかったらしく、五分たっても、出てこなかった。僕が痺れを切らして、一緒に探しに行こうとした時にやっとふらふらと家から出てきた。

「随分、手間取ったんだな。どれ、貸してみろ」

懐中電灯のスイッチを入れても蛍の光ほどの明かりしかつかなかった。

「こりゃいかん。電池が切れかかっておる。仕方がない。戸をできるだけ大きく開けて家の中の光を頼りに物置の中を探そう」

やっと、祖父は物置の鍵を開けてくれた。僕は慌てて、中に飛び込んでホースを探した。初めは真っ暗で何も見えなかったが、だんだん目が慣れてきて、入り口のすぐ横に、ホースがあるのがわかった。次はこのホースをどうやって持ち出すかだ。

「猫はいたかい？」祖父が訊いてきた。

「ううん、でも、一番、奥のところで何か動いた」

「どれどれ」

祖父は物置に入り込んで、奥の方を捜索にかかった。後は祖母だけだ。

「お祖母ちゃん、頼みがあるんだけど」

「何だい？」

「僕らの部屋の簞笥《たんす》の上に時計があっただろ」

「ああ、豚の時計だね」

「あれは電池で動いてるんだ。だから、あの時計から電池を抜いてくれれば、懐中電灯に使えるんだ」

「そうだね。一ちゃん、取っておいでよ」

「お祖母ちゃん取ってきてよ」

「お祖母ちゃん電池のことなんかよくわからないよ」

「でも、僕、簞笥の上の時計には手が届かないんだ」

嘘だった。

「わかったよ。じゃあ、一ちゃん、一緒に行こう」

「僕はここで待っとくよ。だって、もし、猫が飛び出してきたら、ここで、捕まえなくちゃならないんだもの」

「猫なんか捕まえなくても、放っとけばいいじゃないの」

「だめだよ。もし、怪我をしていたら、僕が手当てするんだ」

祖母は僕に説得されて、しぶしぶ、家の中に入っていった。

「一ちゃん、どうやら、猫はいないみたいだよ」祖父は暗闇の中、手探りで、捜索を続けながら言った。

僕は輪の形に針金で束ねられたホースを襷《たすき》のように肩にかけ、そのまま、小屋を飛び出した。飛び出すときに、驚いたような叫び声を出しておくのも忘れなかった。猫を追いかけて走り出したという言い訳のためだ。

もう、時間はないかもしれない。三十メートルのホースは八歳の子供には結構な重さだった。ふらふらといつもの半分ぐらいの速さでしか走れない。それでも、歯を食いしばって僕は走り続けた。走っても、走っても、小屋には辿り着けない。いつしか、僕は泣きながら、走っていた。大声を出し、鼻水を垂らし、随分みっともない姿だったと思うよ。何度も躓《つまず》いて、子犬のようにひっくりかえりながら、なんとか小屋に到着した。まだ、あいつは来ていないようだった。あいつ独特の異様な雰囲気がなかった。

僕は水道の蛇口にホースの一方の端をねじ込むと、針金を外し、ホースを引き出しながら、小屋の周りを走った。そう、ホースで小屋の周りに円を描いたんだ。もちろん、確信はなかった。水の流れなら、何でもいいというわけでもないだろうし、水が通っているホースは小川ではない。でも、こうするしかなかった。他の手段はすべて封じられている。

いったい、僕はいつまでこんなことをつづけなけりゃならないんだろ。これからもずっと毎晩あいつと戦い続けて、そして、血が凍り付くような恐怖を味わい続けるんだろうか？　僕はまだ、八歳だ。こんな仕打ちはひど過ぎる。もう耐えられないよ。涙が出てしようがないよ。怖くて、体が震えて動けないぐらいなんだ。誰か僕と代わって。誰か僕を助けて。

「いいや、小僧、誰もお前と代わることはできない。誰もお前を助けられない」

あいつが現れた。僕は立っていられなくなり、這いつくばりながら、ホースの円を完成させた。ホースの終端はホースの他の部分の上に乗せた。これで、隙間はなくなった。水道も円の中に収まった。

あいつはゆっくりと僕に近付いてきた。僕は鉛のようになった手で蛇口を開いた。あいつは歩みを止めない。ホースの端からはまだ水が出てこない。

間に合うのか？　間に合ったとして、効果はあるんだろうか？

あいつは小屋の入り口の前までやってきて、ホースを跨《また》ごうとした。

あいつの動きが止まった。

ホースの先から水が流れ出した。

あいつは後退りした。そして、僕を見つめて、言った。

「おまえ、なぜ、そんなに詳しい？　日本で俺にこんなことをしたやつは初めてだぞ。どうやら、今回はおまえの勝ちのようだな。俺は負けを認めるぞ。しかし」

あいつは、僕の眉間を指差した。僕は頭の中の血液がすべて沸騰したかのような感覚に襲われた。その場に頭を押さえて蹲《うずくま》った。

「お前が勝ったのはただ単に俺が紳士で子供相手でもちゃんとルールを守ったからだ。実際、卑怯な手を使えば、今からでも勝てるんだぞ。大声で、お前の従姉を呼べば、あの女は小屋から出てくるぞ。そして、あの女は俺と違って、お前と同じ円の中にいる。俺はすでにあの女を自由に操ることができるんだ」

あいつは僕の眉間を指差すのを止めた。痛みが去った。しかし、あまりに強く手を握り締めていたので、爪が掌に食い込んで血が出ていた。

あいつはその血を恨めしそうに見ながら、言った。

「しかし、今日はこのまま帰ろう。俺は他人の決めたルールは無視するが、自分の決めたルールには必ず従うからだ」あいつは後ろを向き、来たときと同じようにゆっくりと進んだ。そして数歩進んだ時に思い出したように振り向いて言った。「そうだ。小僧、いいことを教えてやろう。ゲームは今日でお終いだ。そう。明日からはもう遊びじゃない」

そして、あいつは丘の向こうに消えていった。

あいつはもう容赦してくれないだろう。確かにこれはいいニュースかもしれない。少なくとも、この戦いの苦しみが永久に続くわけではないことがはっきりした。どっちにしても、あしたが最後だ。

僕は三十分程も呆然と立ち尽くしていたんだろうか。突然、小屋の戸が開いた。従姉が待ちくたびれて出てきたのだ。

「あれ？　一ちゃん、どういうこと？　また、ここであの人を待ち伏せしてたのね！あの人はどうしたの？　帰っちゃったの？」

僕は無言で頷いた。どうせ喉は焼けつくように乾いていたので声は出なかっただろう。

「酷い！　酷過ぎるわ！　どうして、そこまでして邪魔するの?!　あの人、怒って帰っちゃったのね。どうしてくれるの？　一ちゃん、ちょっと、おかしいわ。子供の癖に嫉妬深過ぎるわ。わたしに執着しないでよ。何だか怖いわ。あんたみたいな子が大人になったら、変質者になって、犯罪を犯したりするのよ！」

なんと悲しい無慈悲な言葉だろう。僕は惨めな騎士だ。毎夜、命をかけて守っている相手からこれ程の罵《のの》りを受けることの辛さはとても想像できまい。いっそのこと見殺しにしてやろうかとも考えたが、そんなことができるくらいなら、最初からこんな面倒なことになるはずがない。

従姉は当然ながら今回は背負ってはくれなかった。それどころか僕を置いてさっさと大股で待ち合わせ場所に行ってしまった。僕はただだらなだれてついていくだけだった。従姉はそれからその日はついに一言も口をきいてくれなかった。

家に帰ると、祖父母は僕に訳を問いただしにきた。

「いったい、どういうつもりなんだ？　朝から行き先も言わずに勝手に外を出歩くし、突然、夕方に帰ってきたと思ったら、お祖父ちゃんを物置の中につれていって、お祖母ちゃんを家の中に入れて、自分はまたどこかに行ってしまうし、あれはどういうことだったんだい？」

「あのね。猫がいたんだ」

「お祖父ちゃんもお祖母ちゃんも猫なんか見てないよ」

「物凄いスピードで物置から飛び出して行ったんだ」

祖父母は全く信じていないようだった。しかし、物置からホースを持ち出したことには気付いてないようだった。物置の中はもう真っ暗だったし、物置の中のものの場所までは普通覚えてないものだからね。

「一ちゃんの言うことは信用しない方がいいわよ」従姉が言った。「最近、嘘つきになったのよ。わたしにも変なことばっかり言うの。一度、児童相談所につれて行った方がいいわ！」

「おや、優ちゃん、何か怒っているのかい？」祖母がおもしろそうに訊いた。「一ちゃんと喧嘩でもしたのかい？」

「そんなんじゃないわ！」

従姉は一人で部屋に行ってしまった。

「とにかく、一ちゃん」祖父は厳しい口調で言った。「もう、勝手にどこかに行ってはいけないよ。今度、こんなことがあったら、外出禁止にする。いいな？」

「うん」

もちろん、翌日も無断外出するつもりだった。でも、それですべてが終わるはずだ。外出禁止になっても、もう問題はない。あいつがいなくなるか、それとも僕がいなくなるかだ。

食事の時も寝る時も従姉はまったく僕と目を合わさなかった。これほど怒っている従姉を見るのは初めてだった。

次の日は祖父の道具箱から金槌と釘を、そして家中探してナイフと荷造り紐を手に入れ、朝からこっそり外出した。祖父母は、前の晩、あれほどきつく叱ったから、大丈夫だとたかを括っていたのだろう。

まず、小屋に向かった。水道をひねってみたが、水は出なくなっていた。夜のうちにあいつが何かしたようだ。一晩中出しっ放しにしておくべきだったと思ったが後の祭りだ。僕は小屋の中に入った。

中は一間しかなく、家具と言っても机とベッドしかない。設備としてはトイレと洗面所兼流し台がついていた。入り口の戸には鍵がついている。壊すのは難しそうだったし、もし、壊しても、中から閂《かんぬき》がさしてあれば、入るすべはないだろう。

僕ははたと困ったよ。その晩はあいつは本気で僕に挑んでくるはずだった。普通の大人だって八歳の子供を殺すのは非常に容易な筈だ。ましてやあいつだ。今までのように小屋の周囲に仕掛けをするのは得策ではない。小屋の中にいるところを狙うしかない。なんとか、確実に小屋の中に侵入する方法を考えておかなければならない。今日はあいつは容赦しないと言った。かと言って、僕が戦いを放棄すれば、従姉は恐らく今日で終わってしまう。もう、後はない。

僕は窓を調べた。窓はねじ込み式の鍵になっていた。好都合だ。僕は外に出て、地面を掘り返した。この辺りの土は粘土を大量に含んでいる。小屋に戻ると、鍵のねじ穴に粘土を詰め込んだ。

小屋の準備が終わると、次に林に向かった。

なんとしても、十字架を作らなくてはならない。手ごろな枝を拾っては二本を交差させ金槌で釘を打ち付けようとしたが、すぐにずれてしまい、どう見ても十字架と呼べそうなものにはならなかった。紐で括ってから、釘を打ち付けようとしたが、八歳の指の長さではうまく紐がかけられず、結局緩んだ紐がかかったぐらぐらの十字架だかやじろべえだかわからないしろものにしかならなかった。映画の中の十字架はもっと立派で二つの木を組み合わせたものじゃなくて、一枚の木でできた板のような感じのものだった。林の中を何時間も探し回ったが、どうしても板は見つからなかった。家に帰って鋸《のこぎり》を持ってこようかとも思ったが、自分にとうてい木を切ることなんかできそうもなかった。持ってきたナイフで枝に切り込みを入れて、二つの木をはめやすくしようともしたが、一時間近くかかってもうまくはまるような溝を作ることはできなくて、力任せに彫り今度は折れてしまった。林の中には直射日光は当たらないが、真夏の日中に何時間も作業をしているとだんだんと気が遠くなってきた。そして、落ち葉の上に倒れてしまった。

ああ、僕はだめだ。十字架一つ作れない。十字架さえ作れたら、なんとかなるかもしれないのに。従姉を助けられるかもしれないのに。ああ、暑いなあ。くそっ！　あいつはどこか涼しいところで眠ってるんだろうな。いったい、どこだろうあいつの居場所は？　ひょっとしたら、本当に別荘にいるのかもしれない。そうだ。今がチャンスだ。別荘に行って、あいつを日の下に引きずり出すんだ。でも、別荘の場所がわからない。お祖父ちゃんは知っているかもしれない。でも、昨日、怒らせてしまったから、もう聞き出すことはできない。もし、聞き出せても、行かせてもらえない。行くことができても子供の力ではあいつを外に運ぶのは無理だ。だいたい、別荘に行き着くまでに、日が暮れてしまうかもしれない。十字架なしでは無理だ。十字架さえあれば、あいつの胸の上に置いてゆっくり外に出て、ゆうゆうと家に帰ってくることができるのに。そう、なんとしても十字架を作らなくてはならない。

僕は起き上がると、なるべく頑丈そうな枝を探した。太い枝なら一本から十字架を切り出せるかもしれない。しかし、それもまた無謀な考えであることがはっきりした。子供の技術でそれをやるには夏中かかってしまう。もう、あと一時間もすれば、日は沈んでしまう。

僕は大人の腕ほどもある太い枝とぼろぼろに刃こぼれしたナイフをじっと見つめた。諦めてはいけない。何か方法があるはずだ。十字架を作る方法は何通りもあるはずだ。

その時、僕は思い出した。どうして、忘れていたのだろう。とても、簡単なことだったんだ。ただ、問題は時間だ。もう間に合わないかもしれない。

僕は作業を始めた。作業をしている間に日は沈んでしまったが、黄昏《たそがれ》が終わる前になんとか終えることができた。

僕は小屋に急いだ。小屋からは波紋のように邪気が溢れ出していた。

あいつは今中にいる。そして、従姉も。はたしてまだ間に合うのか？　もし、手遅れだったら？　従姉も敵に回すのか？　それとも、敢えて、餌食になるか？　いや、それは今考えることではないだろう。もし、そうなっていたら、その時に考えればいいんだ。今はあいつとの戦いのことだけを考えるんだ。まともに戦っては勝ち目はない。気付かれずに近付かなければ。

気配を消して、小屋に近付いていった。僕はややもすると走り出そうとする焦る心を懸命に抑えた。今こうしている間にも、従姉はあいつの餌食になっているかもしれない。でも、気付かれずにあいつに近付けば、餌食になる前に助け出せるかもしれない。もし、気付かれたら、たとえ、今は無事でも確実に従姉は失われてしまう。

ついに入り口に到達した。耳をくっつけて中の様子を探った。音は殆ど聞こえない。ただ、時々、激しい息遣いのような音が聞こえたが、あいつのものか、従姉のものか判断はできなかった。

僕はゆっくりと注意深く入り口を開け始めた。幸運なことに、中から鍵はかけられていなかった。窓の鍵にした細工は無駄になってしまったが、そんなことは気にならなかった。窓から入るよりドアから入る方がずっと楽だったからね。

しかし、ここからが正念場だ。恐らく最後は一瞬で決まる筈だ。そして、その瞬間は数秒後に迫っている。今ここで、ことりとでも音を立てたら、永久に従姉を取り戻すチャンスは無くなってしまうだろう。従姉は失われてしまう。そして、僕自身も当然失われてしまう。

入り口は中を覗き込める広さにまで開いた。二人はベッドの上にいたよ。あいつは従姉に覆いかぶさるような体勢だった。まだ、僕には気付いてないようだったが、本当のところはわからない。気付いていないふりをしていることも十分考えられた。

僕はさらに入り口を広げ、そして、音を立てないように小屋の中に入った。手に持った枝をぎゅっと握り締めた。そして、このまま音を立てずに近寄って行こうか、それとも、一気に走って不意をつくか一瞬考えた後、やはり、徐々に近付くことにした。

近付きながら、僕は従姉の様子を確かめようとしたが、あいつの陰になって、よく見えなかった。あいつの口の位置が気になった。もう、喉に歯を当てているのか？

その時、従姉に見つかってしまった。従姉は音を立てて息を飲んだ。それによって、あいつも感づいたようだ。冷気が僕の足元にまで吹き出して来ていたよ。

僕は足音を殺すのを止め、全速力でベッドのところにまで走っていき、あいつの裸の背中の左の乳の裏側より少し低いあたりに、持っていた木の枝の、ナイフで鋭く削った先端を振り下ろした。あいつは一瞬起き上がろうとしたが、そのままベッドの足元に俯きに倒れてしまった。裸だったこともあったのだろうが、まるで普通の人間のように簡単に木の枝で作った杭が刺さったのにはちょっと拍子抜けしたよ。

従姉はなにか意味のないことをわあわあ叫んでいたが、別に僕の邪魔はしなかったよ。

呪縛が解けていたか、解けかけていたんだろうと思うよ。杭の先端は確かに心臓に到達していたはずだよ。だって、一秒ぐらいのリズムでびくんびくんと動いていたからね。あいつは僕の方を向いて、必死に手を振って、何かを否定するようなジェスチャーをしていた。そして、なにかを懇願していたが、今になってもそれが何を意味していたのかわからない。まあ、そんなことはどうでもいいけどね。
僕は最後の仕上げに杭の先端に全体重をかけたんだ。

初めて吸血鬼を殺したのも八歳の夏だった。

本

厳密に言うと、この本の作者はわたしではない。むしろ、わたしの行ったことは翻訳もしくは翻案というべきだろうか。この本の大部分は日本語で書かれている。そして、残りは、平仮名で表記されてはいるが日本語とは言えない部分、アルファベットにより表記されている部分、そして、図形のみによって表現されている部分からなっている。もちろん、このような風変わりな構成になったのには理由がある。この本の本来の形態をできるだけ忠実に、翻案、もしくは、翻訳するにはこうするのが、最も相応《ふさわ》しかったからだ。

あなた方読者が容易に推定できるであろうように、この本は本来、日本語で表記されたものではなかった。と言うと、あたかも、日本語以外の諸外国語で表記された著作物であったという印象を持たれるかもしれない。ところが、あなた方の意に反して、もともと、この本は、現在、もしくは、過去の地球上で使用されたいずれの言語で表記されたものでもなかった。かと言って、このことは宇宙語とか、未来語とかで書かれていたことを意味するものではない。それらのいずれでもなく、率直に言えば、この本は文字で書かれたものではなかったのだ。

では、なんらかの録音物であったのかというと、そうではない。わたしはさっきから、「本」という表現を使っているが、あなた方が手に取っているこの「本」の元になったものは、本来、本と呼べるようなものではなく、言語とは無関係な形態をしていた。

あなた方はここまで読んで疑問を感じるかもしれない。言語と無関係なものから、どうして、翻訳が可能なのか？　それについては、この先、この本の中で、少しずつ説明を試みるつもりだ。実はこの本の重要な目的の一つはこの疑問に対する解答を与えることなのである。

この本の元の形態はあなた方の持つ限られた概念の中では、絵画と音楽に近い物だった。ただし、それは、あなた方が知っているどんな種類の絵画にも音楽にも全く似ていない。ただ、少なくともわたしにはそれが視覚的な形状と、人間の可聴域の空気の振動からなっていると感じられたのだ。それをそのままの形で、あなた方に提示するのは不可能なことだ。それはわたしの頭の中では生き生きと息づいてはいるが、そのイメージをそのまま実現する手段はわたしの知る限り現存していない。

ただ、幸運なことに、わたしはそれをそのままの形ではなく、別の、もっと表現が容易な形に翻訳することができると気付いたのだ。例えば、通常の意味での音楽や絵画にも変換できる。また、映画にすることもできるし、舞踊で表現することもできる。彫刻にしてもよかったし、生け花や、書でもよかった。だが、わたしはそれを文学の形、つまり、本の形に翻訳することにした。なぜなら、第一に、より多くの人々に伝えるにはそれが最も適しているからだ。第二に、わたしの才能で曲がりなりにも、鑑賞に耐えるものが、表現できるとしたら、それは文学の分野であろうと、考えたのだ。

　次に、この本を読むについて、一言注意を述べておく。

①この本は必ず最初から読むこと。最後や、中間から読んではいけない。
②飛ばし読み、斜め読みは禁止。たとえ、意味がわからなくとも、一字一句、精読しなければならない。
③途中で、読むのを諦めてはいけない。どれだけ、日にちがかかっても、間に読まない日が何日かあってもいい。最後まで読み通すことがとても重要である。さもなければ、読まない方がましだ。

　以上の注意は厳守のこと！

　さて、まず最初に、わたしがどこでこの本に出会ったかを述べよう。わたしがこの本——正確にはこの本の元の形態に出会った場所の名前はある理由からここに明言することはできない。ただ、そこは「名付けることが禁じられた土地、ゲリル」から、ほど近い場所だったということぐらいは述べてもいいだろう。わたしがそこに行ったのは、生涯において一度きりだった。そして、もはや二度と足を踏み入れることはないだろう。わたしはまだ子供だった。だから、あれを見、そして、聞いた時にも、その本当の意味を理解していなかった。わたしはただただ圧倒され、どうしてよいか、見当も付かず、途方に暮れるばかりだった。その時、「本当は老いていない老人」が現れてこう言った。

「よく見、そして、よく聞くがよい。これが最初で最後だ」

あなた方読者の中にはまだあの場所に足を踏み入れていない者たちがいるかもしれない。その人々は幸いだ。なぜなら、今後の人生で、必ず、そこに到達するから。

あなた方読者の中にはすでにあの場所に迷い込んだ経験を持つ者たちがいるかもしれない。その人々は不幸だ。なぜなら、もうそこに行くことはできない上に、記憶にも残っていないから。

＊

なんと、奇妙奇天烈な文章だろう。滝川《たきがわ》麗美子《れみこ》は思った。これは小説なのだろうか？この文章の中に出てくる「本」という言葉は現に目の前にあるこの奇怪な文章が印刷されているこの本ではなく、一人称で書かれているこの小説の主人公が書いたことになっている架空の本のことに違いない。でなければ、この本の作者は本当に自分の書いた文章を信じていることになる。そんな妄想を持つ人物が自らの著作を上梓できるはずがない。出版社も相手にしないだろう。

しかし、この文章は小説らしくない。どうやら、これは序文に相当するものらしい。

それとも、序文に見せかけて、実は小説の一部になっているのだろうか？　小説の手法なのだろうか？

麗美子は改めて、その本を眺めた。大きさはB5判程度。ただ、やたらと分厚く、五センチはありそうだった。その厚さのため、手から滑り落ちそうになり、かなり読みづらかった。カバーはなく、表紙や背には革が貼ってある。色はくすんだ黄色だったが、それが本来どんな色だったのかはもはや想像もつかない。革にはあちらこちらに小さな傷があり、そこから、少しずつ剝がれかかっている。全体にべっとりと、油とも汚れともつかないものに塗《まみ》れており、そのせいで、ますます、持ちにくくなっていた。小口や天地には真っ黒な手垢がついていて、斑《まだら》になっていた。ページをめくる度に表紙の汚れが、麗美子の手を介して、小口に付き、ますます、汚くなった。多くのページには角を折り返した跡があった。明らかに前の持ち主は枝折《しお》りを使うことを億劫がったようだ。その上、点々と茶色の染みが広がっており、麗美子の気を滅入らせた。ページ数は千を超えていた。ぱらぱらと、適当に開くと、本から不快な腐敗臭と共に埃が舞ってワンルームに広がった。表紙に印刷されている題名は辛うじて、「芸術論」と読めた。著者名は「間山伊達緒《まやまだておお》」。

この本、本当に間山君が書いたんだろうか？　それとも、同姓同名の別人だろうか？

麗美子は考え込んだ。

今朝、ドアの新聞受けに、間山伊達緒という差し出し人からの郵便を見つけた時、一瞬、誰のことかわからなかった。茶封筒の中にこの本を発見した時、やっと、小学校の同級生のことを思い出した。そう言えば、間山君は小学校卒業と同時に引っ越していったから、中学校は別々だった。だから、すぐに思い出せなかったのだ。かれこれ、二十年ぶりだということになる。しかし、今頃、なぜこんな本を送ってきたのだろう？　間山君は作家になったんだろうか？　それで、自分が出した最初の本を小学校の同級生のわたしに送ってきたのだろうか？

しかし、どうしても、そうは思えなかった。この本はどう見ても、新刊本とは思えない。それどころか、何十年という年月がなければ、これほどまでに本は古びたりはしないだろう。そんな古い本を送ってくるのはかなり不自然だ。それとも、これは古本に見せかけるという奇抜な企画で作られた新刊本なのだろうか？　その可能性はまずないだろう。本を人工的に古くするにはかなりの手間がかかってしまう。しかし、その効果はどうだろう？　わざわざ、ぼろぼろの本を買う物好きがそれほど多いとは期待できない。となれば、やはり、この本はかなり前に出版されたことになる。いったい、間山君は何歳の時にこれを書いたのだろう？　年齢から考えて、それほど昔であるはずがない。では、やはり、同姓同名の別人の本だろうか？

麗美子は本の終わりの方のページを調べた。著者の紹介が載っているかもしれない。顔写真はなくても、生年か学校の卒業年が載っていれば、はっきりするはずだ。しかし、残念ながら、著者紹介はなかった。それどころか、発行年月日も印刷されていなかった。

いったい、どこの出版社だろう？

麗美子は表紙や背をつぶさに観察したが、出版社名らしきものはなかった。

自費出版というやつかな？

それなら、出版社の名前がなくても、不思議ではない。しかし、印刷会社や製本会社の名前がないのはどうしたことだろう？　自費出版ではそうした業者の名前も印刷しないのが当たり前なのだろうか？

一人で考えていたのではいつまでたっても答えが出ないので、麗美子は友人の中村未香《なかむらみか》に電話をかけることにした。未香も麗美子のように独身で一人暮らしだったので、真夜中でも平気で電話ができる。それに、未香は小学校の頃から、現在までずっと付き合っているただ一人の友達だった。

未香はまだ起きていたようで、三回目の呼び出し音の途中で出た。

「はい。中村です」

「みかぴ、わたし」

「あっ、れみち」

二人は子供の頃からの呼び名を使い続けていた。

「あんな、みかぴ、間山君、覚えてる？」

「何？　何？　いきなり、何、言うてるん？　誰、それ？」未香は面食らったようだった。

「間山君や。ほら、小学校の時、おったやん」麗美子は思い出すよう急《せ》かした。

「おったやんて、言われても、覚えてへんなあ」

「覚えてるはずやて。ほら、木下君といつも、いっしょにおって」

「木下君は覚えてるわ」

「ほな、間山君も覚えてるはずやで」

「うーん。わからへんなあ」

「みさっちゃんのこと、好きや、言うてたやんか」

これは確実な糸口になるはずだ。

「みさっちゃんて、中村美郷《なかむらみさと》のこと？」

「うん」

「覚えてるわ」

「ほらー」麗美子はほっと一息ついた。

「いや。わたしはみさっちゃんのこと、覚えてる、言うてるだけやで。……ええと、なんて言うたかなさっきの男の子」

「間山君」

「そう。その間山君のことは思い出されへん」

「そんなことないて。絶対、覚えてるはずやて」

「あっ！　そう言えば、いてたような気ぃがしてきた」未香は泣きそうな声で言った。

「ほんで、田山君がどないしたん?」

「間山君」麗美子はほとんど諦めかけていた。

「そうそう。間山君。間山君」

「本、送ってきてん」

「何の本?」

「ようわからへんけど、小説や、思うねん」

「なんちゅう小説?」

「題名は『芸術論』て書いたある」

「あんな、れみち、わたし、別に小説には詳しいないけど、それ、きっと、小説とは違うと思うで。それ、評論かなんか違う?」

「いや、でも、最初の方、読んだら、小説みたいやったで、『本の形態と違うものを本にした』とか書いたあるし」

「今、何て言うた?」

「そやから、『名付けることが禁じられた土地、ゲリル』とか」麗美子は未香の質問を無視して続けた。

　未香はしばらく、無言になった後、言った。

「なんか、変な本やなあ」

「うんうん。変。変」

「ほんで、何なん、その本？」

「そやから、さっき、言うたやん。間山君から、送ってきてん」

「その本、誰が書いたん？　有名な人？」

「そやから、間山君」

　また、未香の声が止んだ。そして、受話器から絶叫が聞こえてきた。

「どっしぇー!!　間山君て、作家?!」

「それはわからへんけどな」

「なんでぇな。本、出てたら、作家やんか」

「そやけど、自費出版とかもあるやん。妹の高校の時の先生、自費出版した本、送ってきてたで」

「今時、自費出版する人なんか、いぃひんやろ」未香は興奮しているようだった。鼻息が荒い。

「いぃひんことはないやろ」

「いぃひんて。あれ、お金だいぶ、かかるらしいで。自費出版やったら、ぜったい、赤字や」

「そやかて、どうしても、自分の本出したい人もいるやろし」

「今は、そんな人らは、オンライン出版とかするん違う？　高菜《たかな》君なんかは自分でホームページ作ってるで」高菜とは未香の恋人の名前だった。

「何?　ホームページて?」

「インターネットのやつや。そうか、同級生に作家がおったんか。なんで、れみちのとこに送ってきたんやろ」

「同級生やったからやろ」

「ええ!!　ほなら、わたしにも送ってくるんかもしれへん!」

受話器からばたばたという未香が走り去る足音が聞こえた。郵便受を見にいったのだろう。麗美子は一瞬このまま切ろうかと思ったが、かけなおすのも面倒なので、そのまま、いらいらと、数分間待った。

「れみち、なんか来てた!」さらに、興奮した未香の声が聞こえてきた。

「本?」麗美子は尋ねた。

びりびりと紙を引き裂く音が聞こえた。

「やっぱり、本や!　間山君からや。あの子、律義なとこあったからなぁ」

「え?　みかぴ、間山君のこと、覚えてるん?」

「あたりまえやんか、木下君といっしょにいてた子や」

「それ、さっき、わたしが言うた」

「みさっちゃんのこと、好きやった」

「それも言うた」

「運動会でこけて、骨折った子や」

「ああ。そやった。そやった」

「右足の小指の第二関節のところや」

「ふうん。そやったん？」

「学習発表会の時、主役の座を今中《いまなか》君と争うて負けた子や」

「ちょっと待って。あんた、突然詳しなったやんか」

「当たり前や。間山君、わたしの初恋の人やもん」

「ええ?!」麗美子は驚きの声をあげた。「あんた、さっき、覚えてへんて言うてへんかった？」

「うん。さっきはど忘れしててん。そやけど、この本見たら、思い出したわ」

「いくらなんでも、初恋の人のことすっかり忘れられる？」麗美子は本気で呆れて言った。

「そんなこと言うたかて、忘れたもんしゃあないやんか」

「まあ、ええわ。ほんで、その本、『芸術論』？」

「ええと……。わ!!」

「どないしたん？」

「この本、ごっつ汚い」

「そやろ。そやろ。目茶苦茶、古い感じするやろ」

「する。する。こんなん、古本やで」未香は少し怒気を含んだ声で言った。「何考えてるんやろ。こんな古本、送ってきて。失礼なやっちゃなぁ」

「それより、なんで間山君の書いた本がこんなに古いのか不思議と違う?」

「なんや、そんなこと簡単や」

「あんた、わかるん?」

「うん。前に書いたやつ、送ってきたんやろ」

「何年ぐらい前?」

「まあ、この感じやったら、二、三十年は前やろなぁ」

「その時、間山君、いくつ?」

「いくつて……あっ!」

「理屈に合わへんやろ」

「ほんまやなぁ。訳わからへんなぁ。……とにかく、わたし、これ読んでみるわ」未香はさほど矛盾を気にしているようではなかった。同級生が作家になったことを知ってすっかり興奮しているためだろう。

「ほんなら、わたしも、もう、ちょっと、読んでみる。明日、また、電話するわ」

「うん。明日はわたしからする」

電話を切ると、麗美子はテーブルの上に投げ出してあった本を再び手にとった。本から伝わる不快感が掌から、全身に吸い上げられていくようだった。なんとか、吐き気を堪え、さっき読んだところから、数十ページ先を開いた。

＊

共生体――こう聞いてあなた方は何を思い出すだろうか？　クマノミとイソギンチャク、アリとアブラムシ、中にはナマコとカクレウオを思い出す人もいるかもしれない。確かにこれらの生物は互いに相手に依存して生活している。

クマノミはイソギンチャクに外敵から守ってもらい、イソギンチャクはクマノミを使って大型の魚をおびき寄せる。アブラムシはアリに用心棒をさせる代わりにその分泌物を食料として与える。ただし、カクレウオはナマコの腸の中を隠れ家として利用しているがナマコの方には特にメリットはないように見える。しかし、デメリットもないので、カクレウオが一方的にナマコに寄生しているわけではない。また、ナマコも特にカクレウオに対して敵対行動をとるわけでもなく、気にしていない様子だ。あるいは人間が知らないだけで、肛門と直腸をカクレウオに貸す家賃として何かいいことがナマコにあるのかもしれない。

だが、これらの共生関係は共生体とはいいにくい。生き物たちは互いに分離して生活することが可能だからだ。共生体という言葉からは、互いの生理機能まで共有し合う、見掛上、一個の生命体と変わりない状態を期待してしまうのではないだろうか？

例えばマメ科の植物の根に存在する瘤のような形の根粒がそうだ。炭水化物や脂肪に含まれる元素は炭素と酸素と水素である。植物はこれらを水と二酸化炭素から光合成によって容易に作り出すことができる。水は水素原子と酸素原子からできており、二酸化炭素は酸素原子と炭素原子からできている。それに対して、蛋白質あるいはその構成要素のアミノ酸を作り出すためには窒素が必要になる。窒素は地上では実にありふれた元素である。おおまかに言って、酸素は空気の二十パーセントに過ぎず、残りの八十パーセントは窒素である。稀薄な二酸化炭素を取り込むことができるのだから、窒素を蛋白質の合成に利用することだって簡単なことのように思える。ところが、実際にはかなり厄介なことなのだ。大気中での急速な酸化反応である燃焼に対応する窒化反応が知られていないことからもそのことは推定できる。窒素という元素は化学的に非常に安定した存在なのである。植物が窒素を取り込んで蛋白質を合成するのは容易なことではない。ところが、マメ科の植物は根粒の中に窒素固定バクテリアを棲まわせ、必要な栄養素を与える代わりに蛋白質を潤沢に手に入れることができる。「畑の肉」と言われるぐらい大量の蛋白質を含んだ豆は共生の賜物である。

別の共生体の例として地衣類がある。普通、苔として知られているものは蘚苔類《せんたい》と地衣類に分けられる。どちらも湿ったところに生えるため、区別せずに「苔」と言われるが、その実態はかなり違う。蘚苔類は羊歯《しだ》類にも似たかなり高等な植物である。有性生殖を行うため、精子や卵もある。小さいというだけで、はっきりとした特徴的な形態も持っている。それに対して、地衣類は見た目には湿った緑の不定形の薄っぺらな存在である。一応、層状の構造をしているが、藻類の細胞と菌類の細胞が入り交じっている。この二種類の生物は系統樹上でも別々の場所に存在しており、当然遺伝子も異なっている。藻類はれっきとした植物であり光合成を行うのに対し、黴《かび》や茸《きのこ》のような菌類は光合成を行わず、他の植物が作った栄養源に依存して生活する存在である。この二種類の生物の細胞がいつの頃からか混在し、共生するようになった。

藻類は光合成を行い、生命を維持するために必要な炭水化物を作り出し、菌類に提供する。そして、菌類は地上でも藻類が生活できるような環境を提供する。両者は完全に相互依存し、繁殖すら共同で行う。そのあまりにも見事な共生ぶりに共生体ではなく、一種類の生物と考えられていた時期もあった。

ところが、驚くべきことに地衣類の持つ藻類の部分と菌類部分を人工的に分離した場合、それぞれを独立して生活させ、繁殖させることが可能なのである。藻類も菌類もそれぞれが単独の生命だったのだ。そして、別々に生活し、繁殖した藻類と菌類を再び一つにして、地衣類に戻すことさえできる。

あなた方はこのような細胞レベルでの共生は下等な生命だけに起こると考えるかもしれない。しかし、多くの草食動物は腸内に住む原虫やバクテリアの助けがなければ、食物の消化すらできない。

人間だって、体内の大腸菌が作り出すビタミンに依存している。無菌状態の人間など考えられない。われわれが人間だと思っているものは実は無数の生命体による共生状態なのかもしれない。

異質なものどうしが作る共生体は生物界に限ったものではない。

コンピュータの本体は通常、ハードウェアと呼ばれる。それだけでは何の機能も持たない。しかし、そのただの箱にソフトウェアを導入することにより、様々な機能を持たせることができるのだ。ソフトウェアというのは、コンピュータを動かす手続きを一定の様式で表したもので、少しニュアンスは違うが、プログラムと呼ばれるものとだいたい同じと考えていいだろう。例えば、ハードウェアにワープロ用のソフトウェアをインストールすれば、それはワープロになる。同じハードウェアにゲーム用のソフトウェアをインストールすれば、それはゲーム機になる。同じように、イラスト用のソフトウェアや、通信用のソフトウェアや、計算用のソフトウェアをインストールすれば、それぞれの機能を持ったマシーンになる。つまり、本来、コンピュータとは汎用機器であり、その機能はソフトウェアにより決定されると言える。

ソフトウェアはテープやディスク、あるいはカートリッジに記録された形態で手に入れることができる。また、電話線などを通じてオンライン情報としても、電波による放送からも入手できる。つまり、ソフトウェアには物質としての実体はなく、様々な形態をとるのだ。ディスクやテープ、あるいは、電気信号や電波、時には紙に印刷された文字——これらはソフトウェアの実体ではなく、それらを媒体とする情報こそが、ソフトウェアの実体なのだ。つまり、ソフトウェアもまた、ハードウェアがなければなんの機能も持たないのだ。

ただ、たいていのハードウェアは最低限のソフトウェアを最初から内蔵している。これは基本ソフトウェアを読み込むための動作などを行うためである。このため、あたかもハードウェアはソフトウェアがなくても自立しているかのように見えるが、そうではない。それはあくまで、本来の目的であるいろいろなソフトウェアを読み込むための手段にしかならないからだ。

このハードウェアとソフトウェアの関係は一種の共生関係と考えられないだろうか？　わたしはそうとらえる。ただ、生物の共生体とコンピュータの共生体が違うのは増殖機能の点だろう。もちろん、ハードウェアは自己増殖はしない。今のところ、必ず人間が介在しなければならない。もっとも、ソフトウェアの助けがあれば将来的には増殖するハードウェアも夢ではない。工場の機能を内蔵するハードウェアができれば、製造用ソフトウェアをインストールして、自己複製が可能になるだろう。そして、ソフトウェアに関して言えば、ハードウェアの助けさえあれば、今でも簡単に増殖できる。一度、ディスクなどの媒体にロードしたものを別のハードにセーブすれば、それだけで増殖したことになる。あるいは、二つのハードがケーブルで繋がっていれば、直接ハードウェア間でソフトウェアを転送することも可能だ。

さあ、以上の知識を踏まえて、これからわたしが発見したもう一つの共生体について麗美子はいつの間にか眠ってしまっていた。目を覚ますと服を着たまま、ベッドに倒れ込んでいた。内容のあまりのつまらなさに、つい眠ってしまったらしい。確か共生体がどうとか書いてあったことは覚えてるが……

＊

本は麗美子の顔の下にあった。本を持ったままベッドのところまで来たのだろう。開いてある共生体の解説ページにべっとりと、麗美子のやや粘性のある涎《よだれ》が低い山になって広がっていた。一瞬、拭き取ろうかと考えたが、タオルで拭いたら、逆にタオルが汚れて使えなくなってしまいそうだった。かと言って、雑巾では本の方が汚れそうだった。ティッシュを使ったら、なんとかなるだろうかと思ったが、どうせ汚れた本だからと、そのまま、ぱたんと閉じた。本の下のシーツは矩形に本の汚れが移って、赤茶けてしまっていた。シーツは取り替えた方がいいだろう。そう言えば、何だか顔がべかべかする。恐る恐る洗面所の鏡を覗き込むと黒く型がついていた。手も真っ黒だ。石鹸でごしごし洗ったが、うっすらと汚れが残ったままになった。

三度も洗いなおした後、ふと時計を見ると、会社が始まる一時間前だった。通勤時間はいつも、五十分から一時間かかっている。麗美子は化粧もせずに、家を飛び出した。

髪の毛だけはなんとか手でとかしながら、駅までダッシュした。運よくホームに止まっていた準急に飛び乗ることができた。

電車の中の人々が麗美子を見つめていた。

どうしてだろう？　化粧をしていないのが珍しいんだろうか？　それとも、顔に黒く本の跡がのこっているのか？

麗美子はバッグの中からコンパクトを取り出して自分の顔を見た。

やっぱり、ちょっと黒くなっている。洗い方が足りなかったのだ。そう気付くと、何だか顔が痒くなってきた。それにこのままの顔で電車に乗り続けるのはかなり恥ずかしい。

麗美子は次の停車駅で降りて、トイレに駆け込んだ。ここで降りたら、確実に遅刻だが、背に腹は替えられない。五分ほど洗ったが、まだ少し黒い。しかたなく、電車に乗り込む。やはり、痒さと恥ずかしさに耐えられなくなり、また次の駅で降りる。これを繰り返したため、結局、会社には一時間近くも遅刻してしまった。

「おっ！　女重役のおでましやな」課長が腹の底に響くような大声で言った。

「？？？」麗美子は言葉にならない声で、疑問と謝罪を同時に表現しようとした。

「出勤時間、無視して出勤できるのは、重役だけなんや。あんた、女重役さんやろ。こんな遅れて普通の社員来られるはずないわなぁ、いくらなんでも」

「す、すいません」

「いや、何も女重役はんに謝ってもらわんでもええがな」

「遅れるはずやなかったんです。昨日、晩遅くまで、本を読んでて」

「ほぉ。あんた、読書家か。そやけど、会社のある日ぃは会社来てもらわんとな。あんた、会社入って何年目や？」

「ええと……」

「ほら、自分でも、すぐ思い出せんぐらい前からおるんやろ。入って、二、三年の女の子やったら、わしもきつうは言わへんのや。そやけど、もう、女の子とは違うんやし」

最後の一言で、麗美子はかなりむかついたが、なんとか、感情を抑え付けて、相手の──顔を見ずに──膝の辺りを見ながら言った。

「すみません。連絡票、書いときます」

麗美子はそのままぷいと回れ右をして、自分の机に向かった。

なんとか、課長から逃れて、仕事を始めたのはいいが、やはり、顔と手の汚れが気になって仕方がない。三十分毎にトイレに入って、石鹸でごしごし洗った。

昼休みの間は食事もとらずに、ずっと、トイレで顔と手を洗い続けた。

昼休みの後はますます気になっていても立ってもいられなくなり、五分から十分間隔でトイレに入った。

「滝川君、あんた、腹でも壊しとんのか？」課長は麗美子の異様な行動に気付いたようだった。「そんな、からだ具合悪かったら、休んだらええねんで」席の側まで来て言った。「いや、さっきは嫌味、言うて悪かった。病気やとは、思てへんかったからな。そう言うたら、顔もなんか赤いな。熱、あるんか？……なんか、皮むけたみたいな赤やなぁ。……まあ、今日は早引きし。連絡票はわしが書き直しといたるさかいに」

麗美子は課長の言葉をこれ幸いと、さっさと、机の上を片付けて、家に帰ってしまった。一駅ごとに顔を洗いながら、やっと、家の近くまで帰り着くと、近所の薬局に飛び込んで、消毒用のアルコールとゴム手袋を購入した。

家に帰ると、まずシーツを引きはがし、そのまま、ゴミ袋に突っ込んだ。アルコールで顔と手を消毒し、ゴム手袋をはめ、アルコールを染み込ませたガーゼで本の表紙を擦った。ぼろぼろと、小さな革の破片が落ちて、余計に見栄えは悪くなったが、麗美子の気持ちはちょっとだけ落ち着いた。小口や天地も擦ったが、綺麗になったのかどうかはよくわからない。ただ、ガーゼが真っ黒になったのは確かだった。

本を食卓兼机に置き、ゴム手袋をはめたまま開いた。そこは、昨晩、読んだ所より、少し前の部分だった。

＊

「名付けることが禁じられた土地、ゲリル」へは誰でも行ける。

あの時、わたしは逃げたカナリアを探していたのだ。誰が逃がしたのかはもう忘れてしまった。わたし自身だったのかもしれないし、わたしの家族だったのかもしれない。いずれにしても、誰が逃がしたかということはそれほど重要ではない。

カナリアを追って、わたしは森に入った。いや、実際にカナリアがその森に入ったのを見たわけではないので、「カナリアを追って」という表現はおかしいかもしれない。でも、わたしはその森にカナリアが飛んでいったことを知っていた。理由は知らない。だから、正確には「幻のカナリアを追って」と書くべきだったかもしれない。幻のカナリアを追って、わたしは森に入った。もちろん、そんな森はなかった。

森の中にはいろいろな鳥が飛んでいた。時々、わたしは自分のカナリアを見つけたが、捕まえてよく見ると、カナリアではなく、真っ黒な烏だったり、巨大なコンドルだったりした。考えあぐねた末、わたしは駝鳥に導かれることにした。

その考えはまもなく正しいということが証明された。わたしは自分のカナリアを取り戻すことができたのだ。ただ、その姿はもはやカナリアではなかった。それは人間の新生児の姿にそっくりだった。

わたしは持っていた鳥かごを捨てた。代わりに縁日の屋台で粉ミルクを買い求めた。粉ミルクを売ってくれた香具師《やし》はさらに大芋虫のセットを売り付けようとした。いろいろな種類の芋虫たちは、それぞれの大きさに合わせて作られた透明なプラスチックの薄く柔らかい板の窪みにはめ込まれ、さらに厚紙で出来た台紙で蓋をされ閉じ込められていた。

実際に売るときは台紙ではなく、プラスチックの方を上にして、中の芋虫がよく見えるようにしていた。台紙は色とりどりで、その上で蠢《うごめ》く芋虫を際立たせ、少年たちの心を魅了した。

わたしは大芋虫のセットを購入した。悦に入って眺めていると、そのうち、一匹の芋虫の動きが妙になった。そして、皮の一部に俄かに突起物ができ、それが大きくなり、ついには皮を突き破って一匹の蜂が現れた。

香具師の話によると、それは狩人蜂らしい。一匹に寄生していたのなら、それはセットの中の芋虫全部に寄生しているであろう。間もなく、そいつらはプラスチックを食い破って現世に出てくる。そして、今度はわたしを狙ってくるだろう、ということだった。

わたしは堪らなく恐ろしくなって、大芋虫セットを地面に投げ捨て、逃げ出した。逃げながら、わたしは「名付けることが禁じられた土地、ゲリル」に行く決心をした。そこには誰でも行けるということを聞き及んでいたから。

＊

話の繋がりがまったく、わからなかった。もちろん、本のいろいろな部分を摘み読みしている自分が悪いのだろうが、それにしても、共生体についての解説と架空の森の物語が同居している小説とはどういうものだろう？

麗美子は再び、未香に電話をした。

今度は十回、呼び出し音がなっても、出てこなかった。留守かと思い、切りかけた時に未香が出た。

「はい」未香の声には生気がなかった。「中村です」

「みかぴ、わたし」

「あれ？　あんた、会社と違たん？」

「うん。早引きしてん」

「なんで？　病気？」

「違う。違う。ずる休みや」麗美子はくったくなく、答えた。

「なんや。そうか。わたしは今、ちょっと寝とったんや」

「ええ?!　あんた、いつも昼寝なんかしてるん？」

「違う。違う。今日だけや。ゆうべは徹夜したんや」未香はあくびまじりに言った。

「彼氏、来たん？」麗美子は冷やかした。

「そんなん違うて。あの本、読んでたんや」未香は慌てて否定する。

「ええ！　あんな本、徹夜して読んでたんか？　なんか、訳わからんで。共生体の話とか書いたぁるし」

「あれ？　共生体の話て、わたしもその辺までしか読んでへんで。あんたも徹夜したん？　それとも、ごっつ、読むの早いん？」

「ああ、わたしは飛ばし読みしてるねん」麗美子は言い放った。

「ええ？　あの本、飛ばし読みしたらあかんねんで。書いたったん、読まんかったん？」

「ああ。ああ。何か書いたったな。そやけど、あんなん嘘やろ。わたしら本読むとき、いつも飛ばし読みやで。最初のとこ読むやろ。ちょっと読んだら、先が気になるから、最後のとこ読むねん。ほんだら、全然訳わからんから、後はも、あっち読んだり、こっち読んだりや」

「そんな、読み方して楽しい？」未香は不思議そうに訊いた。

「あんまり、楽しない」

「ほんなら、ちゃんと、読んだらいいやん」

「わたし、本、あんまり、好き違うもん。テレビとか、漫画の方が向いてるねん」

麗美子は特に国語が苦手だったというようなことはなかったが、なぜか読書の習慣がなかった。彼女にとって小説を読むということは苦痛でしかなかった。だいたい物語を楽しみたいのなら、本よりもずっと迫力があって、わかりやすいテレビドラマやレンタルビデオがある。それなのに、どうしてわざわざ文字ばかりで時間がかかる本を読まなければならないのか？　麗美子には読書家の気持ちは全然わからなかった。

どうやら、この二人で話し合っても、これ以上、この話題については何の進展もなさそうだということに気付いたからか、未香は話題を変えた。

「あっ、言うの、忘れてた。わたし、あの本のことで、高菜君に電話して聞いてん」

「え？　何を高菜君に聞いたん？」麗美子は思いがけない人物の名を聞いて興味を覚えた。

「ほんとは高菜君と違て、妹に聞いたんやけど」

「そやから、何を」

「小学校の同級生の住所や」未香は平然と続けた。

「ええ?! ええ?! なんで、聞いたん」

「他の同級生のとこにも間山君の本送ってきたかどうか知りたいと思てな。わたしもあんたも名簿残しとくような人間と違うやろ」

「いや、そういうことと違て、そういうことを高菜君の妹に聞く理由がわからへんねんけど」麗美子はじれったそうに尋ねた。

未香の息を吸い込む音が聞こえた。

「ほな、れみち、知らんかったん!!」受話器から、絶叫が聞こえた。

「そやから、何を?」

「高菜君の妹て、みっちゃんや」

今度は麗美子が息を吸い込む番だった。

「高菜密見子《みみこ》!!」

「そう。そう」

「なななななんで、言うてくれへんかったん?」麗美子は動揺した。

「知ってるて、思てた」未香は答えた。

「なんで、わたしが知ってるん?」

「わたし、言うたやろ」

「絶対、言うてへん。言うてたら、いくらなんでも、覚えてるはずや」

高菜密見子は小学校の同級生で、麗美子と未香の三人は親友だった。

「なんで、わたしだけ、仲間はずれにされてるん？」麗美子は怨めしげに言った。

「いや、別に仲間はずれにしてたんと違うけど……そう言うたら、三人で会うたこと最近ないなぁ」

「最近どころか、高校卒業以来、全然やわ」

「ごめん。ごめん」未香はばつが悪そうだった。「なんか、三人でずっと、会うてた気ぃしてたんや。ほんなら、今度の日曜日、高菜家に二人で遊びに行こ。高菜君にも家に帰っといてもらうわ」

高菜信士《しんじ》は今は家を出て一人暮らしだった。

「絶対やで」麗美子は念を押した。

電話の後、麗美子は興奮覚めやらぬまま、本の中ほどを開いて読み始めた。

*

であることで、全ての物理現象が実は物理現象でないことが明確になる。

第三二章　芸術

芸術とは何であろうか？

美を表現すること？　美の創作？　辞書的な解答だ。だが、わたしはここで芸術の定義をするつもりはない。定義とは言葉の単なる言い換えに過ぎない場合もある。「人生とは何か？」と聞かれて「人が生きている期間だ」という答えで、人生がわかろうはずもない。それと同じだ。わたしがここで行いたいことは、芸術全般が普遍的に持っている性質について、考察することだ。

ここで、議論の先取りとなってしまうことには目をつぶって、一般的に芸術とされているものを分類し、分析してみることにしよう。

さて、分析の対象として、ひとまず、写真、映画、テレビ等は除いて考える。詳しくは後で述べるが、それらは近代以降の芸術だからだ。残りのものは大きく二つに分類できる。

基本的に実演が前提のもの　……　音楽、舞踊、演劇　等
基本的に形のある作品が前提のもの　……　文芸、絵画、彫刻、建築　等

前者は時間芸術、もしくは、動的芸術と呼ばれるもので、後者は文芸を除いて、空間芸術、もしくは、静的芸術と呼ばれている。文芸の分類については成り立ちを考慮する必要があるだろう。

文芸の原初の形態は詩歌であり、それは文字に書かれたものではなく、高らかに誦

されたものだ。だから、それは時間芸術であり、動的芸術だった。ところが、ある時、詩歌の本質は音声ではないということに気付いた者がいた。もちろん、朗誦者の声の技能は重要な機能を果たしていたが、人々を感動させているのは、その声質そのものよりも、その内容であったのだ。

文字がどのように発明されたのかは明確ではない。しかし、それは音声を記録する目的で開発されたものとは推定できる。

文字で記録された文芸は朗誦ほどは感動させられなかったかもしれない。しかし、文字にすることにより、文芸は師匠から弟子へと受け継がれる特殊技能であり、同じことが二度と繰り返されない不安定な芸術から、確実に後代へ伝えられる安定した芸術になったのだ。言い換えると、文芸とは最も早くディジタル化され、コピー可能になった芸術である。文字はディジタル符号の原形であるから。

ある芸術家——例えば、紫式部やホメロス——が書いた作品そのものの現物はおそらく残っていない。残っているのは真の作者以外が写した写本だ。しかし、その写本が一字一句正確に写されているのなら、その文学的価値はなんら変わらない。もちろん、直筆本にはそれなりの価値はあるだろうが、それは単に希少価値でしかない。

しかし、絵画の場合では、例えば、レオナルド・ダ・ヴィンチの「モナリザ」の模写は無数にあるが、「モナリザの模写」は「モナリザ」ではない。それらはレオナルド・ダ・ヴィンチの作品と呼ぶことすらできない。

そう。絵画や建築や彫刻の場合、「作品」とはその物理的な実体を意味するが、文芸の場合、作品とは生原稿のことをさすのではない。実際、生原稿は用が済めば、ぞんざいに扱われることもある。文芸作品とは文字の列、すなわち、情報それ自体なのだ。

*

日曜日、麗美子は高菜家の近くの駅で、未香と待ち合わせをした。駅の周辺は開発が遅れて、空き地が多く残っているようだったが、少し山手に行くと、かえって開発が進んでおり、高級住宅街の観をなしていた。

二人は駅から、散歩がてら、ぶらぶらと、歩きだした。

「みっちゃんの家、いつのまに引っ越したん?」麗美子は尋ねた。

「もう十年程になる。お父さんが、転職した時に引っ越したんやて」

「お父さん、何したはるん?」

「前は銀行員やってんけど、友達と一緒に会社始めはったらしいわ。今は専務やて」

「へえ、ええなぁ。あんた、玉の輿やな」

「そんなことないて。まだ、結婚するかどうかもわからへんし」

高菜家が近付くにつれて、ピアノの音が聞こえてきた。

「あれ? 誰が弾いてるんやろ?」未香が不思議そうに言った。

「みっちゃんやろ。小学校の時、ピアノ教室に習いにいってたやん」麗美子は記憶を辿った。

「うん。あの時は弾いてたけど、いっこうに上達しぃひんから、みっちゃん止めてしもうたはずやで。ピアノはもう十年以上も蓋をしっぱなしやった」

ピアノの音が大きくなるにつれて、その技術が尋常でないことは素人の二人の耳にも明らかになってきた。

「ちょっと、これ違うで」未香が唸った。

「うん。これはプロやな」麗美子は頷いた。

「そやけど、何でみっちゃんとこにプロがいてるん？」

「そんなこと、どうでもええやん……ああ、うっとりする」麗美子は目を細めた。

「ほんま、こんな綺麗な曲初めてや。何ちゅう曲かな？」

「知らんけど、たぶんクラシックやろ」

高菜家の玄関に辿り着いた時、二人はすでに恍惚状態になっていた。

ああ、この音だ。この音を求めて、わたしは今までの生涯、音楽を聞き続けていたのだ。だが、何か本物に似ているところはあったにはあったが、今まで聞いたそれらの音楽は全部紛い物だった。わたしは僅かに似ている部分に引き寄せられただけだったのだ。もう、この音楽だけでいい。音楽家たちはきっと、生まれる前にこの音を聞いていたのだろう。そして、なんとか、それを思い出そうとして、曲を作り、演奏し続ける。しかし、それらの音楽も今わたしを包み込んでいるこの調べと比べれば、雑音よりほんの少しましなものに過ぎない。みんな、不完全な音楽を音楽だと思い込んでいたのだ。今や、わたしは完全な音楽はただ一つしかないことを知った。聞くだけで、エクスタシーに達するこの音こそ、唯一の音楽なのだ。

二人は一瞬で正気に戻った。僅かに、ほんの僅かに音が歪んだのだ。だが、それだけで、十分だった。わずかな狂い、人間の意識には違いでない違いだった。しかし、潜在意識はその違いを感じ取った。どこがどう違うとは言えなかったが、もはや、その音は究極の音楽からは何百億光年も隔たっていた。美しくはあったが、人生において、二度と聞けない音楽ではあったが、それは、本物ではなかった。

二人とも地面に座り込んでいた。麗美子はなんとか一人で立ち上がったが、未香は足が痺れて麗美子に肩を借りねばならなかった。

高菜家の門に辿り着き、チャイムをならしたが、誰も出てこなかった。ピアノの音で聞こえないのかもしれない。二人はよろつきながら庭を横切り、玄関に向かった。何かが起こっているのは明らかだった。

ドアに鍵はかかっていなかった。真っ先に目に入ったのは、階段のすぐ下に倒れている信士の姿だった。

「高菜君!!」未香は信士にすがりつこうと、一歩踏み出したが、そのまま倒れてしまった。

麗美子は未香を跨《また》ぐようにして、信士の側に近寄り、胸に手を当てた。

「大丈夫や。息してる」

未香は這いずって、信士のもとにやってきた。女二人に揺り動かされて、信士は呻《うめ》いた。

「気ぃ付いた？」

信士はしばらく、無言で頭を押さえた。

「音や……」信士はそう言うと、廊下を居間に向かった。

麗美子と未香はあとを追った。

居間には初老の男女が倒れていた。

「高菜君の両親や」未香がつぶやいた。

信士は両親の状態を調べている。

「二人とも、生きてる。でも、意識はない」

「どういうこと？　何、あったん？」未香は尋ねた。

「あの音楽や。密見子がピアノを弾いてるんや」

信士は居間を飛び出した。二人は後を追う。

「あいつは――密見子は二十年前から、ピアノを弾いてへんはずや。こんなにうまいはずあらへん」

二階に着くと、信士は一番近くにあるドアを開けた。音楽が大きくなった。

　そこには一心不乱にピアノを弾く密見子がいた。部屋の入り口から見える密見子の横顔を見て、三人の顔は引きつった。密見子は目を見開いていた。その目は真っ赤に充血していた。いや、充血しているのではなく、血の涙を流していたのだ。口も大きく開かれ、だらだらと涎を垂れ流し、ライトブルーのドレスを胸元からぐっしょりと濡らしていた。鍵盤は赤黒い色をしていた。麗美子は不審に思い、近付いた。鍵盤は密見子の指から流れる血によって、染まっていたのだ。すでにかなり前からの血のようで、半分乾きかけ、粘度が増しており、くっきりと、密見子の指の跡が残っている。密見子の指にはほとんど爪は残っていなかった。指遣いをよく見ると、どうも右手の人差し指の動きが妙だった。第二関節が折れているか、はずれているかしているらしい。音楽の調子が変わったのはこの障害のせいだったようだ。

　信士はしばらく、妹の様子を見て、呆然としていたが、やがて気を取り直して、密見子の後ろに立ち、肩に手を置いた。

「密見子、止めるんや」

　しかし、密見子は手を休めなかった。荘厳な音楽を紡ぎ出して行く。

「止めろ！」信士は密見子の肩を強く揺さぶった。

　密見子は振り返り、きっと白目で信士を睨んだ。そして、乾ききった喉から声を絞りだした。

「邪魔すんなや！」

信士は密見子の腕を引っ張りピアノから、引き剝がそうとした。すると、密見子は逆に信士の腕を引っ張り返し、そのまま壁に叩き付けた。信士は頭から壁にぶつかり、鮮やかな赤の染みが壁についた。

その時、ようやく、麗美子も身動きできるようになった。十数年ぶりに会った親友の異様な行動にもめげず、麗美子はピアノを弾く密見子の右手の指をつかみ、ピアノから引き離そうとした。次の瞬間、世界が回転した。密見子によって、麗美子は振り回され、なにか鈍い裂けるような音とともに、ドアを越えて、廊下にまで、投げ飛ばされた。麗美子の手にはまだ、密見子の指が握られていた。

密見子は人差し指の第二関節から先がなくなった自分の右手を見て、唸った。

「指がなくなった！　わたしの指がなくなった！」怒りのあまり、血塗れの手を握り締め、鍵盤に叩き付けた。「こんなんやったら、弾かれへん！　わたしの曲が弾かれへん」

指の傷口からは血が噴き出し、青いドレスを真っ黒に染めた。

「あかん！　あかん！　ぐちゃぐちゃやないの!!」

密見子は髪の毛をかきむしった。顔面に鮮血が垂れた。そして、密見子の顔に晴れやかな笑みが広がった。

「そや！　そや！」

密見子は笑みを浮かべたまま、部屋の隅にある本箱に付いている小引き出しを開けた。

鉛筆、三角定規、ボールペン、消しゴム——次々と中のものを外に放り出す。密見子の動きが止まった。笑いはさらに大きくなり、顔が引きつったように見えた。

「あったー！」

密見子は引き出しの中からコンパスを取り出した。彼女は左手でそれを摑み、勢いをつけて右手の人差し指の切り口に突き刺した。

未香は嘔吐した。

麗美子は硬直した。

信士は絶叫した。

「指やー！　今日から、これがわたしの指やー！」密見子は狂喜乱舞しながら、ピアノの前に戻った。

部屋はすっかり血の海になっていた。残念ながら、コンパス製の指では生身の指ほどの演奏は実現できなかった。密見子は再び怒りを新たにし、何かもう殆ど聞き取れないような叫び声を何十分も上げ続け、失神した。出血多量が原因のようだった。

信士はふらふらと階下に降りていった。

しばらくすると、サイレンの音が聞こえてきたので、信士が救急車を呼んだのだとわかった。そして、麗美子はまだ密見子の人差し指を握り締めていることに気付いた。

＊

あるいは、そうでないのかもしれないが。

のちみらまらくちにかなもらとちみきなすちとなてらのちのいかいにかちしらなとにかいにかなもらのちのいかいにすなみしちにとちみきなすちとなてらてちかちとにくちらもらにのにかかいかちつなみいかいもにかちにかなもらまちみちにてちんらすなみにちなからのにくちくちつなとにかいにすなくちつなしちてちにもちくちきらきらとにかにまにみちかなみらくにみらにすにくちらとらのなくなかちすにきちにすなのにとちかいみみらみちのちもちしいかちにんらなのらなくちもちこなとにのなすちにみにとちとにのらみしいにかちのんちのなくちてちすいてちすいてらくなのなもいかいもらきらみにみくらしらしいのらみらまにのちみみにとにかいくちのちみちすにとなにかいにかちしいもらくにすなもちくちにかなもらしちすいにきちにみちのなしらなのちとなすなからんらすなしいもらとちみきなすちとなてらのちのいかいにかちすにとなすなのらからもらちすなのいすいしらとらみらきんちのなくにすなもちみにくちつなとにかいにかちのらからくちにかにしらもらかちかかちにかにしらもらみちにまにのらんらかんらなしらないほからすいとなきちかんななもらみてらのにのにみにのにかちみらしいのちにてちきちからきにすいかいとにもちかかちてちかちとにくちちにとなのらほくにほてらのちみらまらくちみちかなしちからになみらみにくらかからもにすなのなかくにほてらかんななもらみとにかちてちかちとにくちてちかちとにかちかにみらのらいきちのにの

「密見子の指、やっぱりあかんらしい」信士は暗い声で言った。「切り口が刃物で切ったように綺麗にすぱっとなってたら、うまく接合できるんやけど、千切れた上に、コンパス突っ込んだしな……」

＊

ここは病院のロビー。三人とも警察の取り調べはすでに済ませていた。随分、奇妙な事件なので、かなり長い時間、現場検証が行われ、三人も拘束されていたが、結局、三人の証言が一致していたこともあって、密見子の錯乱が原因という結論に落ち着いたらしい。信士の両親はまだ意識の混乱が続いており、密見子と同じ病院に入院していた。

「滝川さん、えらい長いこと、調べられてたな。えらい、迷惑かけてしもた」信士はすまなそうに言った。

「うん。わたしが、みっちゃんの指、持ってたから、傷害罪の疑いかけられたんやと思うわ。そやけど、疑いも晴れたみたいやし、そんな気にせんでもええで」麗美子は信士を慰めた。

「あ、そや」未香は少しずつ、元気を取り戻してきたようだった。「この間、借りた名簿、今日、持ってくるの忘れてしもた」

「ああ、あれはもうかまへん。密見子あんなもんいらんやろ」

「ほんなら、もうちょっと、借りとくわ。わたし、あの名簿で、同級生に毎日、何人かずつ、電話、かけてるねん」

「なんで、また？」麗美子は聞いた。

「もう、何年も会うてへんから、どないなってるかと思てな」

「ほんで、どうやったん？」

「ちょっと、悪いけど」信士が言った。「密見子とお父《とん》とお母《かん》の様子みてくるわ。ええかな」

「うん。気にせんといて」未香が答えた。「わたしら話すんだら、勝手に帰るし、ずっと、ついといたげて」

　信士は重い足取りで、階段へと向かった。

「ほんで？」麗美子は改めて尋ねた。

「何が？」

「同級生やがな。あんた、電話してるんやろ」

「うん。うん」未香は答えた。「まだ、半分ぐらいにしか、かけてへんのやけどな。十人ちょっとやねんけど。……あの本な」

「間山君の本？」

「そう。そう。間山君の本、全員には届いてないみたいやねん。でも、届いている人らの中にも、ひと月以上前に届いてる人らもおるし、わたしらと同じ頃に届いた人らもおるねん」

「なんでやろ？　ずっと、前に出した本やったら、いっぺんに配ったらええのに。新刊本やったら、ちょっとずつ、出版社から送ってくるんかもしれへんけど。……まさか、古本屋から一冊ずつ買うてきては送ってるんと違うやろなぁ」

「まさか、そんなことはないやろ。それに、もう残りの人らには送らへんかもしれへんと思うねん」

「なんで？」

「わたしら、気ぃつかへんかったけど、間山君て人付き合いに、だいぶ差ぁつけてたみたいやねん」未香は本調子になってきた。

「どういうこと？」

「あの本届いてる人らに聞いたらな、だいたい、間山君のこと、覚えてるんやけどな」

「ふんふん」

「運動会のことも、遠足のことも」

「みさっちゃんのことも？」麗美子は合いの手を入れた。

「うん。それ、みさっちゃんのこと言わんやつはおらんかった」

「ほんで？」

「そやから、本届いてる人らに電話したら、だいたい、間山君談義に花が咲くねん。けど、本届いてへん人らは、だいたい、間山君のこと、あんまり覚えてへんねん」未香は続けた。「こっちが熱心に間山君のエピソード、いくつも言うたら、『ああそう言うたら』ちゅうて思い出すみたいやけど、あんまり記憶に残ってへんみたいや」

「なんか、変やな」

「うん。変なやつらや。クラスメートのこと、そんな、すっかり、忘れられるか？」

「忘れられるか、って、そらあんたのことやがな」麗美子はまた呆れた。

「いや、あれはど忘れや。すぐ、詳しゅう、思い出したやろ。その証拠にわたしにも本、送ってきたやん。本、送るってことは、間山君が友達やったと思ってるってことや」

「なんか知らんけど。……なあ、その名簿、わたしにも貸してくれへん？」

「わかった。ファックスしたろか？」未香が言った。

「ああ、そしたら、頼むわ」麗美子は答えた。

＊

時間芸術は実演の芸術であるために、保存することはできない。――もちろん、脚本や楽譜は保存可能だが、それらは演劇や音楽の一部分に過ぎない――一世一代の名演奏、名演技を行っても、それを残すことはできない。ただ、その場の観衆の記憶に残るだけである。そして、人間の記憶とは極度に曖昧な記録方法なのである。だから、別の演者の公演との比較が公正に執り行えているのかは確かめようがない。いや、それどころか、同じ演者が別の日時に行った公演との比較さえ定かではない。ただ、人々の記憶に頼るばかりだ。

そして、芸術家たちは演じることを止める。病気になるか、情熱を失うか、怪我をするか、演ずることを禁じられるか、死ぬかだ。しばらくの間は人々の記憶に残るだろう。しかし、時がたてば、記憶は薄れる。そして、最後には記憶者たちも死に絶えてしまう。彼等の芸術は後世には伝わらない。残るのは芸術そのものではなく、評判のみだ。

しかし、空間芸術と情報芸術——文芸、作曲、脚本——は違う。数千年前の芸術家たちの作品が今なお鑑賞の対象になっている。そして、各時代に各時代の評価を受け、そして、これからも受け続けるのだろう。甚だしくは、生前、認められずに、死後、評価されたものたちもいる。

思い返してみよう。古代から現代に至る歴史の中で、多くの画家、彫刻家、作家、脚本家、作曲家はその名を残している。しかし、歌手、演奏家、俳優、演出家、舞踊家の名前はどれだけ残っているだろうか？

このような状況、——作品を保存できない動的芸術、保存はできるが複製できない静的芸術、そして、保存も複製も可能な情報芸術——は、しかし、近世から、近代にかけて、大きく変質していった。

近世に入ると、それまで、細々としか行われていなかった印刷技術が飛躍的に発達した。印刷物は大量に生産されるようになり、その価格も逓減《ていげん》した。つまり、印刷そのものが一般化したのだ。そして、当然、文字だけではなく、絵画の印刷も頻繁に行われるようになった。もちろん、原画にはそれなりの希少価値はあるが、その芸術的価値の本質は印刷された複製すべてに共通するものだ。絵画の本質も物質ではなく、情報であることがこの時に明らかになったのだ。もちろん、そのころはディジタルの情報ではなく、アナログの情報だったのだが。

現代では、漫画の隆盛をみれば明らかなように、印刷を前提とした絵画は珍しくない。しかも、コンピュータのディスプレー上で作成し、それをそのまま、印刷装置でプリントすることすら行われている。もはや、原画は存在しない。画家が創作したものは、一枚のディスクに収められているデータ、つまり、正真正銘の純粋な情報だ。

映画が登場した時、人々は新しい芸術だと考えた。しかし、映画とは演劇の保存可能化、複製可能化ではなかったのか？　そして、音楽もまた保存され、複製されるようになった。ある人々は言うかもしれない。ライヴの感動と、記録された音とは比較にならないと。しかし、記録技術がどれほど発展していくか、想像すれば明らかなはずだ。音楽も演劇もすべてが、ディジタル情報に還元できるのだ。

芸術は情報だ。

第三三章　脳

脳とは有機的な情報処理装置であるという考えがある。また、一方で魂と肉体の結合麗美子が本を読んでいると、電話の呼び出し音が一度だけ鳴った。どうやら、ファックスが入ったらしい。しばらくすると、感熱紙が一枚ぬるりと吐き出された。

小学校の同級生名簿だった。日付をみると、三年前のものだった。すでに、少し古くなっているのかもしれない。

麗美子はしばらく同級生名簿を眺めた。ある名前を見ると、当時のエピソードが生々しく、浮かび上がってくる。いくつかの名前には苦々しい思いしかなかった。そして、少数だが、いくつかの名前にはなんの思い出もなかった。名前を見ても、顔すら浮かんでこない。それどころか、初めて見たとしか思えない名前もある。きっと、このような者たちを称して「影が薄い」というのだろう。間山伊達緒もそのような「影の薄い」子供だったのだろうか？　しかし、少なくとも、麗美子や未香、そして、おそらく密見子にとっては影が薄い少年ではなかった。かれは常に事件の中心だったのだ。

その時、麗美子はその名簿に不自然さを感じた。

何がとは指摘できないが、何かあり得ないはずの不自然さを感じたのだ。間山伊達緒の本を手にとった時の不気味さとは違う何かをその名簿から感じとったのだ。それが何かはすぐわかるはずなのだが、名簿を詳しく見ようとすると、なぜか眩暈《めまい》がして、どうしても、その原因を突き止めることはできなかった。

＊

また、電話のベルが鳴った。今度は続けて鳴っている。普通の電話が入ったのだ。麗美子は受話器を取った。

「もしもし、わたし」

「ああ、みかぴ」

「ファックス、行った？」心なしか、未香の声は少し沈んでいた。

「うん。ちゃんと来てるで。そやけど、わたし、なんかこれ見てたら……」

「あんな、れみち、わたし、ちょっと怖いねん」

「怖い？　まあ、あんなことあったら、誰でも怖いわ。わたしも昨日の晩、うなされたで」

「違うねん。あれも怖かったけど、怖いのはあれだけと、違うねん」

「え？」麗美子は耳を疑った。「まだなんかあるん？」

「あんな、わたし、あれからも、同級生に電話しててんけど、何人かいぃひんねん」

麗美子は少しほっとした。

「ああ、そんなことあるわ。三年も前の名簿やもん。中には連絡つかん人もおるわな」

「違うねん。そんなんと、違うねん」未香は泣きそうな声になった。

「どないしたん？」麗美子も少し不安になった。

「あのな……三人死んでるねん」

「うっ……」

もちろん、麗美子たちの年齢で同級生に三人もの死亡者が出ているのはまれなことだろう。しかし、偶然が重なれば、考えられないことではない。

「偶然やろ」麗美子は自信なさげに言った。

「みんな、この二か月の間や」

「えっ……」

「それから、入院してる人が四人、みっちゃんも入れたら、五人や」

「それもこの二か月の間?」

「うん。それから、行方不明の人も二人いてるんや」

「行方不明て、単にあんたが連絡付けられへんかっただけやろ」

「そんなん、違う。一人は家族の人から聞いたし、もう一人は別の同級生の子から聞いたんや」

「……ほんで、その死んだ三人の原因はわかってるん?」

「家族の人に聞いてもはっきりしぃひんかってんけど、死んだ日ぃ聞き出して、図書館で新聞調べたら、一人は自殺で、一人は事故やった」

「事故て、どんな事故?」

「橋の欄干から落ちたらしい。落ちる前には橋の上を走ってる車に向かってなんか叫んでたらしいんやけど」

「後の一人は?」

「それはわからへんかった」

「入院してる人らは、なんで入院してるん？」

「これも病気とか、事故とか家族の人は言うてる」

密見子の場合は事故というべきか？　それとも、病気か？　麗美子はふと思った。

「ほんで、みかぴはどうや、思てるん？」

「あの本やと思う」未香は答えた。

「あの本？　間山君の？」

「うん。あの本の呪いやと思う」

「ほんなら、間山君が呪いかけたいうんか？」

「きっとそや」

「理由がないやん」

「わたしらは思いつかんけど、恨む方にとったら、ちゃんと、それなりの理由はあるもんなんや」

「そやけど、わたしらにも、本、届いてるで」

「うううううう」未香は泣き出した。「もう、あかん！　わたしらも死ぬんや。死なんかっても、みっちゃんみたいに気ぃ狂うんや！」

「ちょっと、落ち着いて。ほんとに呪いかどうかはわからへんやんか。それに、万が一呪いやとして、どの時点で呪いかかるんかわからへんやろ。死んだ人と、入院してる人と、行方不明の人、その全員に本、届いてるん？」

「死んだ人のことはわからへんけど、入院してる人らと、行方不明の一人には届いてたらしいわ」

「本、届いてるけど、わたしらみたいに何ともない人は何人？」

「ええと、わたしらもあわせて、十人やと思う」

「ほんなら、わたしら抜いて、八人やから、四人ずつ手分けして、電話しよ」

「電話して、何を聞くん」

「あのな、その人らは、本は届いたけど、まだ呪われてへん人ばっかりや。そやから、その人らの共通点を聞いたら、呪われんですむ方法がわかるかもしれへん」

「方法？」

「そうや。さっき言うた通り、どの時点で呪いがかかるかが重要やと思うねん。本が届いた時か、袋破った時か、手で触った時か、読み始めた時か、読み終わった時か。それさえわかったら、対処の方法があると思うねん」

＊

「名付けることが禁じられた土地、ゲリル」に着いたのは正午を十分ほどまわった頃だった。

その地では天の色も地面と同じ土色をしていた。雲は黄疸のような色をしており、形は水に流した絵の具のようだった。「名付けることが禁じられた土地、ゲリル」には無数の灰色の尖塔が立ち並んでいた。それらは歪《いびつ》な円錐の形をしていた。低い所には窓はなく、遥か雲の辺りにまで伸びたその頂上の近くに申し訳程度に三、四個の丸い窓がついていたが、下からはそれは小さな黒い点以上のものには見えなかった。雲は尖塔の先に少しひっ掛かって、渦を描いている。無数の尖塔の先から生まれる無数の渦は互いに干渉しながら、空全体に一つの歪んだ模様を描いていた。

　尖塔の間を縫って、うねうねと、上り下りし、蛇行する石畳の道が走っている。その道のあちこちにくすんだ色の服をすっぽりと着た人々がいた。ある者はただ立っていた。ある者は座り込んでいた。また、ある者はどこへ行こうとしているのか、ゆっくりと歩いていた。

「彼等は『名付けることが禁じられた土地、ゲリル』の住民です」案内の「鼻血を啜り上げる男」が教えてくれた。

「しかし、妙だね」わたしは「鼻血を啜り上げる男」に訊いた。「これらの尖塔は何のために作られたんだろう」

「鼻血を啜り上げる男」はうすら笑いを浮かべた。

「それはもちろん住むためですよ。彼等は居住のために、尖塔を作ったのです」

「しかし」わたしはきょろきょろと周囲の尖塔を見回した。「入り口はどこにあるんだろうか？」

「入り口！　は！」「鼻血を啜り上げる男」は大袈裟に呆れてみせた。「入り口などありませんよ」

「え？　じゃあ、どうやって、中に入るんだ？」

「中には入らないのです」

「入らなければ、住めないじゃないか」

「いいや。住めます。現に彼等は住んでいます」

　わたしは「名付けることが禁じられた土地《ゲリル》」の住人たちを見た。確かに彼等のうちある者たちは道端で食卓を囲み、あるいは、布団で眠り、風呂に入り、排便をしていた。

「じゃあ、かれらはここに住んでいるのか？　つまり、尖塔の中にではなく、外に住んでいるのか？」

「そうです」「鼻血を啜り上げる男」はにこやかに言った。「彼等は尖塔の外に住むために尖塔を作ったのです」

「でも……でも、どうして、みんな、尖塔の中に住まないのだろう？」

　何人かの人々がわたしの前にやってきた。すっぽりと、大きな布を頭から被っているので、年も性別もわからない。

「彼等は何をしにやってきたのだろう？」

「彼等はあなたに見せ物を見せにきたのです」

「それでは彼等は見せ物を生業にしているのだね」

「鼻血を啜り上げる男」はまた、うすら笑いを見せた。

「いいえ。彼等は生まれてこのかた、見せ物とは無縁でした」

一人の住民の服が他の住民によって、剝がされた。服の下は垢に塗れた黄色い皮膚だった。すると、また、別の住民が現れ、懐から、刃渡り四十センチはあろうかというメスをとりだした。

「御覧なさい。今から、あの裸の住民を手術します」

「では、あのメスを持つ者は医者なんだね」

「いいえ。あの者は生まれてこのかた、医術とは無縁でした」

メスを持つ者は裸の者のこめかみを切り開いた。あまりに素早く綺麗に切ったために、出血はほとんどなかった。続いて、首の両側の皮を切った、次には鎖骨の辺り、続いて、手首、股、膝の裏側、足首を切り開いた。切られた者は呻いた。周りの住民たちは切り開かれた者を押さえ付けた。メスを持つ者は一つ一つの切り口に指を突っ込み、中から、動脈を探り、引き出した。それぞれの傷口から、数十センチずつ、動脈を引きずり出すと、まず、左のこめかみの動脈を切断した。続いて、右手首の動脈も切断した。蛇口をひねったように血が流れ出した。メスを持つ者は、左のこめかみから伸びている二つに切断した動脈の一本を右手首の動脈の一本に手早く接合した。あまりにも、動脈の切り口が鋭利であったため、押しつけるだけでぴたりとくっついたのだ。さらに、メスを持つ者は首の右側の動脈の一本を左のこめかみの残りの動脈の一本に接合した。それからは、あまりにも早く動脈の切断と接合が行われたため、いったい、どこの動脈とどこの動脈が繋がったのか、殆どわからないぐらいだった。気が付くと、切り開かれた者は、脈動し、蛇のように互いに絡み付いた血管に全身を覆われていた。その住民の顔色はみるみる悪くなって、この土地の地面のようになった。

「なぜ、こんなことをしたんだ？」わたしは恐ろしくなって尋ねた。

「あなたに楽しんでいただくためです」「鼻血を啜り上げる男」は嬉しそうに答えた。

「僕はぜんぜん楽しくなかった」

「それは残念なことをしました」「鼻血を啜り上げる男」はちらりと切り開かれた住民を見た。「あいつにそのことを教えてやりましょうか？　さぞや悲しむことでしょう」

「いや。いい」わたしは血管に絡み付かれた者から目を背けて言った。「そんなことより、あの人を早く元に戻してくれ」

「元に、と申しますと？」

「元通りに……血管を元に戻してくれ」

「おやおや。せっかくの見せ物をふいになさるとおっしゃるのですか？」「鼻血を啜り上げる男」は呆れたことを示すジェスチャーをした。「しかし、まあ、それはどだい無理な話ですよ」

「え？　無理？　何が？」

「元に戻すことですよ。今度、血管を切断したら、いかなる名医でも、もはや繋ぐことはできますまい。もちろん、あなたがそう望まれるなら、試してみてもいいでしょう。しかし、あいつは確実に死にます。

「え？　じゃあ、一生あのままなのか？」わたしは縋るように尋ねた。

「そうなりますな」

「苦痛はないのか？」

「そりゃあ、ないと言えば嘘になります。しかし、これはあなたを喜ばせるためにしたことですし、そこのところをお含みください」

「では……一生、あの人は苦しみ続けるのか？　今日、僕を楽しませる目的だけのために」

「その通りです」「鼻血を啜り上げる男」はうすら笑いを見せた。「しかし、それがいかほどのことでしょう？　人生など泡沫《うたかた》の夢……」

「気分が悪い」わたしは道端に座り込んだ。

「おやおや。そんなことでは困ります。これから、『親方様』に会っていただかなくてはならないのですから」

「誰に会うって？」わたしは頭を抱えた。

「『親方様』です。あなたは『親方様』に召喚されたのです」

「なぜ？　僕が選ばれたんだ？」

「特にあなたが選ばれた訳ではありません」「鼻血を啜り上げる男」はわたしの顔を下から覗き込んだ。「人は皆、一度は『親方様』の召喚を受けるのです」

「なぜ？」

「『親方様』は調べておられるのです。人が自分に相応《ふさわ》しくなっているかどうかを」

「『親方様』とは何者だ？」意識が遠のいてきた。

「それはわたくしどもにもわかりかねます。ただ、これだけは申せます。『親方様』はお一人では何もなされません。何かをなさるためには、『親方様』に相応しいものが必要なのです」

「そいつは一人では動けないのか？　単に命令を発するだけなのか？」

「命令などなされません。それどころか、声を出すことも、物事を考えることも、夢を見ることすらおできにならないのです」

「そんな馬鹿な。それではまるで……」わたしは地面に這いつくばった。「まるで、死んでいるようではないか」

「死んでいるようですが、死んではおられません。その証拠にまもなく、暫くの間ですが、活動をされるのです」「鼻血を啜り上げる男」は嬉しそうだった。「あなたの中で」

「僕の中で？」

「そう。正確にはあなたの心の中で。あなたの心の中で、『親方様』は動き、考え、話し、命令し、休息され、そして、増殖すらされるのです」

「心の中でしか生きられないのか？」

「もちろん、そんなことはございません。『親方様』は今も生きておられます。ただし、凍った命ですが」

「凍ったものがなぜ僕を召喚できる？」

「簡単なことです。われわれが――この『名付けることが禁じられた土地、ゲリル』の住民が『親方様』の代わりに召喚するのです」「鼻血を吸り上げる男」はうっとりとなった。「われわれが、『親方様』の代わりに選び、『親方様』の代わりに召喚し、『親方様』の代わりに導くのです。そして、最後に『親方様』は人の心の中に入り、お目覚めになるのです。お目覚めになったら、『親方様』はその者の心を調べられます。そして、調べ終わると、『親方様』自らを人の心から消し去ってしまいます。もちろん、人の心は前とは少し変わってしまいますが。……『親方様』は今までずっと繰り返してこられました。そして、これからも繰り返し続けられます。……『相応しき者』が現れるまで。今まで、『親方様』に会われた人々は駄目でした。人の心は『親方様』に耐え得ません。人の心はまともに物事を記憶しておくこともできません。自分の食べた食事のメニューですら、ひと月分も覚えていられません。それでは、困るのです。その上、ただ、忘れるだけならましです。人の心は事実を勝手に変えてしまうことすらあります。子供の頃、あなたも伝言ゲームをなさったことがおありでしょう。百文字程の言葉ですら、数人の人間を通せば、原形をとどめないこともございます。もちろん、進化のためには多少の変異は必要です。しかし、人間の心はあまりにも信頼性がありません。そんなものに依存していたら、『親方様』の『淘汰される速度』と『変異する速度』のバランスが崩れて、本質を失い、ついには人類をも巻き込んで滅ばれてしまいます」

「そいつは……『親方様』は、いつ、どこから来たんだ?」わたしは呼吸を整えようと必死になりながらも好奇心を抑えられなかった。

「それはわかりません。ただ、われわれの最も古い記録によりますと、太古にこの土地へ飛来されたとのことです」

「なぜ、ここにやってきた?」

「本来の『相応しき者』を失ってしまったからでございます。そして、『親方様』はいつか、この世界の人の中に『相応しき者』たちが——大いなる心を持った者たちが現れると信じておられます。人はそのために作られたのですから」

「おお、『鼻血を吸り上げる男』よ、教えてくれ。なぜ、『親方様』は僕《しもべ》たちの心を使うんだ。ここに忠実な僕であるおまえたち——『名付けることが禁じられた土地、ゲリル』の住民たちがいるというのに」

「なるほど。なるほど」「鼻血を啜り上げる男」はげらげら笑った。「あなたの誤解がなんであるか、わかりましたぞ。あなたはわれわれ、『名付けることが禁じられた土地、ゲリル』の住民を人だと思ってらっしゃる。いやいや、違うのです。われわれは『兆《きざし》』です」

「『鼻血を啜り上げる男』よ、もっと頭を下げて、僕に顔を近付けてくれはしないか？」わたしは蹲《うずくま》った姿勢のまま言った。

「鼻血を啜り上げる男」は言われるままにわたしの頭のすぐ上に顔を近付けてきた。その瞬間、わたしは満身の力を込めて、頭を突き上げ、「鼻血を啜り上げる男」の顔面に頭突きをくらわした。

「鼻血を啜り上げる男」はそのままあお向きに倒れ、両手で顔を押さえ、ばたばたと苦しみ悶えた。しかし、やがて、諦めたように動きを止め、顔を押さえたままゆっくりと立ち上がったので、わたしの僅かだが、抵抗ができたという満足感はすぐに薄らいでしまった。

「鼻血を啜り上げる男」はわたしを睨み付け、顔から手を下ろした。鼻骨が顔面にめり込んで、鼻血が滝のように流れていた。そして、少しだけ、啜り上げた。

わたしはその時、なぜ、この男が「鼻血を啜り上げる男」と呼ばれるのか、その理由を知った。

「名付けることが禁じられた土地、ゲリル」の濁った空に、ひび割れのような稲妻が走った。

*

四人のうち、最初の二人には連絡が付かなかった。一人の電話番号はすでに使われなくなっていた。そして、もう一人は留守なのか、引っ越したのかは定かではなかったが、呼び出し音が鳴り続けるだけであった。

三人目でやっと、電話が繋がり、麗美子はほっとした。

「はい、山辺《やまべ》です」男性が出た。

「もしもし、こちら、滝川と申しますが、均《ひとし》さんおられますでしょうか?」

「あ、わたしが均ですが、どちらの滝川様でしょうか?」

「山辺君、久しぶり、わたし、小中学校でいっしょやった滝川麗美子です」

「え、滝川さんかいな。そやけど、どないしたんや?」山辺の声は一気にくだけた調子になった。「最近、小学校の同級生から、よう連絡くるで。間山からは汚い本、送ってくるし、中村未香さんからも電話あったし。いったい、どないなってるねん?」

「別に不思議なことないで」麗美子もリラックスして答えた。「発端は間山君の本やねん。急にあんな本、送ってきてわけわからへんかったから、わたしがみかぴに電話してん。ほんなら、みかぴのとこにも、本が届いてて、やっぱり同じ汚い本やったから、二人でなんでやろって、不思議がっててん。それで、あんまり変やから、みかぴがあっちこっちに電話して、みんなの話を聞いたんや」

「そやそや。こないだ、中村さん電話でそんなこと言うてた。今、思い出したわ」

「ほんでな、今日、わたしが電話したんも、そのことやねんけど、あの本、どうした？」

「なんで、そんなこと聞くんや？　なんか、あったんか？」

「ううん」麗美子はごまかした。「本、送ってきてもろたから、お返しに間山君に感想文書いたろと思てな」

「ええ？　俺、そんなん、かなんで」

「いや山辺君は書かんでええねん。わたしが皆から、電話で感想を聞いて、それ、まとめて、感想文にしようと思てるねん」

「ああ、そうか」山辺は安心したようだった。「それやったら、かまへんわ」

「それで、どやった？」

「ええとな。……おもろかった」

「どこらへんが、どんなふうに？」

「どこらへんて……終わりのとことかかな」

「終わりのどういうとこ？」

「あーと、……明るい感じがよかった」

「え？」麗美子はわざとかまをかけてみた。

「いや、ちょっとだけ、暗かったかな」

「山辺君、あんた」麗美子は言った。「読んでへんのと違う?」

「いや、読んだで」山辺はどぎまぎと答えた。

「どのぐらいまで」

「ええと、まだ、途中やねん。半分ぐらい……いや、もうちょっと、前かな」

「ほんなら、さっきなんで、終わりがおもしろいて言うたん?」

「勘違いや」

「ああ、勘違いな。ほんで、最初のとこはどう思た?」麗美子は少し意地悪な気持ちになった。

「最初か……まあ、最初は関係ないと思たから、飛ばし読みして、あんまり、読んでないんや」

「どのへんからやったら、しっかり、読んでる?」

「ええと、二十ページぐらいのとこやな」

「そこなんて書いたあったん?」

「あの、……ええと……」山辺は泣きそうな声になっていた。「ごめん、他の本と勘違いしてた」

山辺があの本を読んでいないことははっきりしたようだった。

「いや、別に読んでへんねやったら、かまへんねん。適当にわたしが考えるから。ほんで、あの本、まだ持ってる?」

本を所持することで呪いがかかるのか？　それとも、読むことによって、呪いがかかるのか？　もし、山辺がまだあの本を持っているのなら、持つこと自体にはなんら害はなく、読むことが呪いの原因である可能性が大きいと言える。

「いや、あんまり汚いから、捨ててしもた」

これで振り出しに戻ってしまった。呪いの原因は謎のままだ。それとも、呪い自体が妄想なのだろうか？

「そやったんか」麗美子は自分の落胆が相手に悟られないように、気をつけて言った。「そやけど、なんで、さっきは読んでるなんて、嘘ついたん？」

「いやあ、あの、その……俺な、あんまり、本なんか読まへんねん」山辺は少し、言葉に詰まった。「そやから、子供の時分から、本なんか買うたことなかったんや。ほんで、間山から、本、送ってきた時も、全然読む気なかったから、すぐ、ほってもうて、気にもしてへんかったんやけど、滝川さんらが、間山の本のこと真剣に読んで、感想文書く言うてるのを聞いたら、なんか、こう、読む前にほってもた自分がなんか、悪いことしたみたいな、そんな気がして。それに、本の一つも読まれへん自分がはずかしかったんや」

「そんなこと気にせんでも良かったのに、わたしかて、全部、読んだんと違うもん」

「なんや。そやったんか」

「そやから、あんまり、気にしんといて、ほんなら、また、連絡するわ。そしたら……」

「あっ、ちょっと、電話、切るの待って、滝川さん」

「はあ?」「ついでで、悪いねんけど、こんな機会、めったに、ないから……」

「何?」

「あの……聞きたいんやけど、滝川さん、まだ、独身?」

「うん。幸か不幸か、いまだ、独身や」

「彼氏とか、おるん?」

おお、こいつは呑気になんの話をするつもりやろ? 麗美子は相手に聞こえないように舌打ちをした。今、ここで、電話を切ってしまおか? そうすれば、貴重な時間を無駄にせずにすむ。しかし、それは必要以上に、山辺を傷つけることになる。

「まあな」麗美子は嘘をついた。

「ほんまに? それやったら、ええねん。なんか、かえって、気ぃ楽になった。……俺な」山辺の声は少し、小さくなった。「滝川さんが初恋の人やってん」

今の麗美子にとっては、最もどうでもいい、情報の一つだ。

「ああ、そやったん。全然、気ぃ付かへんかった。小学生の時に言うてくれてたら、よかったのに」

もちろん、本気ではない。外交辞令だ。麗美子は話が長引くことを恐れた。もはや時間は残り少ないのかもしれない。

「ほんまや。言うてたら、よかった。そやけど、俺、あの時は勇気がなかったんや」

このタイミングではまだ電話を切れない。

「ほな、今度いっぺん同級会で会お。いろいろな、話聞いてみたいわ」

うまく話を纏められそうだ。

「うん。そやな。俺、二十年間言いそびれて、胸の中に溜まってたもやもやしたこと吐き出して、なんかすっとしたわ」

「ほんと？　よかったわ。わたしも電話した甲斐があったっちゅうもんやわ」

麗美子の心のもやもやはいっこうに晴れなかった。

「今日はこれだけにしとくは、なんかどきどきして、電話、続けられへんと思う。今度、こっちから、電話してもええかな？」

「え？」麗美子は予期せぬ山辺の言葉に絶句した。

「いや、わかってる。彼氏、おるんやろ。わかってるて、付き合うてくれとはいわへん。電話でちょっと、話したいだけや」

「うん。そんなん気にしてへん。いつでも電話してきて」

「うん。ありがとう。……長いこと電話させて、堪忍な」

「ううん。こっちこそ、長電話して、ごめん。そしたら、失礼します」

「……失礼します。さいなら」

間髪を入れず、麗美子は電話を切った。そして、自分の深刻な現状に比べて、あまりにすっとんきょうで、日常的で、呑気な今の電話のことを思い返し、思わず声を出して笑ってしまった。

もし、あの本の呪いのことを知らずに、山辺の告白を聞いていたとしたら、自分はどうしていたのだろう？　やはり、敬遠しただろうか？　それとも、恋の始まりの予感を感じて胸をときめかせたのだろうか？

もはや、麗美子には本を知らないでいた頃の、そして密見子の狂乱を見ていなかった頃の自分の精神状態を思い出すことすら難しかった。

麗美子は目を閉じて、山辺の顔を思い浮かべようとした。そして、どんな大人になっているか、想像しようとした。

しかし、瞼の裏に映るのは、荒涼とした、重苦しい、「名付けることが禁じられた土地、ゲリル」の空ばかりだった。

麗美子は目を開き、名簿を見ながら、最後の一人に電話をかけた。それほど、親しくはしていなかったが、時々、遊んでいたような記憶がある女の子だった。結婚したらしく、姓は変わっていた。

「はい、寺井《てらい》です」男の声だった。少し、震えていた。

「もしもし。わたくし、滝川と申します。順子《じゅんこ》さん、おられますか？」

「どちらの滝川さんでしょうか？」

「あの、小学校の同級生の滝川です。順子さんには仲良くしていただいてました」

「あの……順子は、……家内は今留守にしとるんです」

「あ、外出されてるんですか。こちらからかけなおします」麗美子は言った。「何時頃、お帰りですか？」

「いや、……その……今日はもう帰ってきぃひんと……」男の声は消え入りそうだった。

「じゃあ、実家の方にでもお帰りですか？　もし、そうでしたら、申し訳ありませんが、順子さんの実家の番号を教えていただけませんでしょうか？」

「いや、それは……」男の声の後ろで、子供の泣き声がした。赤ん坊の声ではないが、小学生ほど、大きくもないようだった。

「いえ、ご迷惑だったら、結構です」麗美子は気をきかした。

「いや、迷惑ではないんです。……迷惑ではないんですが、家内は実家に行ったんと違うんです」

「では、ご旅行ですか？」

それとも、離婚したのだろうか。もし、そうなら、どう言って、電話を切るべきか？

「いや、……あの……旅行と違て、ちょっと、入院しとるんですわ」

麗美子の心臓は大きな音をたてた後、一瞬静まりかえった。そして、歯ががたがたと震え始めた頃、再び心臓は脈を刻み始めた。

「その……入院というのは……あの……おめでたですか？」麗美子は祈るような思いで言った。

「いや、それが、違うんですわ」

「そしたら、御病気ですか？」

「そ、そうです」

「あの、もし、お差支えなかったら、何の病気か……」

「たいした病気や、おまへん。その、あれですわ。あれ」

「あれ？」麗美子は思わず、男の言葉を繰り返してしまった。

「そう。あれ、あの……過労というやつですわ」「過労」という言葉が出た途端、男は急に饒舌になった。「過労。過労。いや、うちのやつね、子供ができてから、子供の面倒と、店の仕事で一年中、休む間ぁ、なかったんですわ。それが、この年になって、急に疲れが来よりましたんでっしゃろなぁ」何かを隠そうとするかのように男は立て続けに喋り続けた。「この上の子が四つ、いや、先月で五つでっしゃろ。そこへきて、下の子がまだ、一歳ならしまへんがな。こんなんで、入院されたら、わたしまで、過労で倒れなならん、と思てま……」

　おそらく、「過労」という言葉がキーワードだったのだろう。以前から、過労で倒れたという言い訳のための話を考えていたはずだ。しかし、麗美子からの電話はあまり唐突だったため、うまく作り話が出てこなかったのだ。ところが「過労」という言葉が呼び水になり、次々と芋蔓式に言葉が出てきたのだ。

　麗美子はしばしば呆然と、男の話を聞き続けた。男は喋り続けることで、望ましからざる現実から、目を背けている。そして、麗美子も男の言葉に聞き入ることで、逃避したかった。

「……てんてこまいですわ」

「ちょ、ちょっと、お聞きしたいことがあるんですが」麗美子は逃げ腰になるもう一人の自分を抑え付け、話し続ける男の言葉に割り込んだ。「最近、順子さんに本が届いてたでしょう」

「ああ、あの本でっしゃろ。中学の時の友達が作家になった言うてました」

「いえ、小学校の時の友達です」

順子が間違えたのだろうか？　それとも、単にこの男がいいかげんに覚えていたのか？

「そうでしたかいなぁ。とにかく、作家になったと聞いて、たいしたもんやなて……」

「誰から聞かはったんですか？」

「何をでっか？」

「間山君が作家になったて」

「そやから、家内が」

「あの順子さんは誰から聞かはったんですか？」

「いや、人から聞いたんと違てね。その本、送ってきたから、わかったんですわ」

残念ながら、順子が特別な情報源を持っていたわけではないらしい。

「それで、順子さん、その本、読んでました？」

「ああ、はい。はい。読んでました。あいつ、わたしらと違て、本好きですねん。そやけど、なんか変な本やというてました。童話なんか、評論なんか、訳わからんて」

「全部、読まはったんですか？」

「うん。読んでたと思います。あいつ、わりと片意地でっさかいに、いっぺん、読み始めたら、最後まで読まんと気ぃすまんはずです」

「わかりました。そんで、順子さんの具合、悪なったんは読んだ後ですね」

「そうでんがな……なんで、そんなこと訊かはりまんねん？」

「順子さんのこと、気になりますから……それで、順子さんの症状は……」

「ほっといてくれなはれ！　順子がどないな病気になっても、お宅さんには関係おまへんやろ！」男は何かに怯えるように突然、声を荒らげた。

「すいません。余計なこと訊きまして……そしたら最後に一つだけ、お願いします」

「ご主人はその本、読まはったんですか？」

　これは重要なことだ。

「いや、最初の一ページで眠たなってもうて……もうこれで、よろしおまっか？」

「すみません。そしたら、ほんまに最後に一つ、お願いします。その本、こっちに送って貰えませんでしょうか？」麗美子は自分の家の住所を告げた。

「わかりました。そこらにあったら、送りまひょ」男は不機嫌そうな声で言うと、さっさと電話を切ってしまった。

これではっきりした。本を全部読んだ高菜密見子と寺井順子には何かの異変が起こった。そして、途中までしか読んでいない麗美子と未香、全く読んでいない山辺にはまだ何も起こっていない。本を持っているだけでは、何も起こらないのだ。しかし、これを最後まで読むことによってなんらかの異常――恐らくは精神の変調――が起こるのだ。読むだけで発狂する本――実際に密見子の狂乱を体験しなければ、到底、信じられなかっただろう。

とにかく、できるだけ早くあの本を回収して処分してしまわなければ、あの男、ちゃんと、わたしの住所をメモしてくれただろうか？　もし、送ってこなかったら、取りにいかなければならない。

そして、麗美子は続けて未香に電話をかけた。

「もしもし」声の様子では、未香は少し落ち着いたようだった。

「もしもし、みかぴ？」

「れみち！　どうやった？」

「うん。直接、話できたんは一人だけや。山辺君や」

「ああ、あの、れみちのことが好きやった子ぉな」

「あんた、なんで、そんなこと、知ってるん？」麗美子は心底驚いた。

「見てたら、わかるやん。誰がみても、あいつ、あんたに気ぃあったで。気付いてないの、本人のれみちだけやったわ」

「それはちょっとショックやな」麗美子は思わず苦笑した。

「ほんで、山辺君がなんて？」未香は話がそれないように、麗美子を急かした。

「山辺君は読んでなかったみたいや。ほんで、影響なし」

「ふんふん」

「それから、川中順子ちゃんとこにも繋がったんや」

「結婚して、寺井っちゅう名字になった子ぉやな」

「あの子、本読んだ後、入院してた」

しばらく、二人とも無言になった。小学校の同級生がこんなにも入院しているなどということは絶対、偶然では説明できない。二人の心にその事実が重苦しくのしかかった。

「それで、未香の方はどやった」できるだけ、明るい声で、麗美子は沈黙を破った。

「わたしは三人に連絡ついた。二人はまだ、読んでる途中やった。特におかしな様子はなかったわ」

「その人らには、もういっぺん、電話して、それ以上読まんように言うといて。ほんで、できたら、その本をわたしのとこに送ってもろて」

「なんで、そんなことするん？」未香は不思議そうに尋ねた。

「なんでて、その本、読み続けたら、その人らもおかしなってしまうかもしれへんやん」麗美子は言った。「その人らが読まんかっても、家族の人が読むかもしれへんし、もし、古本屋にでも渡ったら、次の犠牲者が誰になるかも特定できひん」

「それやったら、別にあんたんとこ、送ってもらわんでも、みんなのところで、処分してもろたら、ええやん」未香は提案した。

「みかぴ、あんた、大事なこと忘れてるで」

「大事なこと？」

「そうや。密見子を含めて、もう何人かが、あの本のせいでおかしなってしもたやろ」

麗美子は説明を始めた。

「うん。うん」

「このまま、ほっとかれへんやろ」

「そら、そやけど」未香は納得できないようだった。

「おかしなった人らを助けるためには原因を解明しなあかん」

「原因ははっきりしてるで。あの本や」

「そやから、本の何が原因やの？」麗美子はじれったそうに訊いた。

「どういう意味？」

「腐った牛乳飲んだら、おなか壊すわな」

「れみち、何、言うてるん？」未香は不安そうに言った。「大丈夫？」

「大丈夫や。最後まで、話聞いて。……そやけど、腐ってない新鮮な牛乳飲んでも、おなか、壊したりはしぃひん。なんでや？」

「それは腐った牛乳には黴菌がいてるからやろ」

「そうや」麗美子は続けた。「ところで、間山君の本読んだら、気ぃ狂うけど、本屋で売ってる普通の本読んでも、気ぃ狂うたりしぃひん。なんでや？」

「そやから、それは間山君の呪いのせいやろ」

「そうや。その呪いや。呪いていったいなんやろ？　紙が原因やろか？　インクやろか？　それとも、表紙の革やろか？」

「そんなんと違て、悪霊とか、間山君の生霊とかやろ」未香はおずおずと答えた。

「そんなこととは違うと思う」

「なんで？」

「なんでて、おかしいやん」麗美子は言った。「もし、間山君が悪霊とか、自分の生霊とか、自由に飛ばせるんやったら、別に本なんか送る必要ないはずやんか。直接、霊を飛ばしたらすむこっちゃ」

「なんか、形のあるものがないと、あかんのかもしれへんで。直接、飛ばすんは無理やけど、なんか物にのりうつらせることはできるとか」未香は考えながら、答えた。

「それやったら、何も本にせんでもよかったはずや」麗美子はなんとか説明しようとした。「それこそ、葉書一枚でもええし、もし、ある程度、大きなものがいるとしても、例えば、食器でもよかったはずや。本ていうのは、作るのにものすごう手間とお金がいるもんや。そんなものをわざわざ作ったというのは何か理由があったはずや。つまり、みんなに送るものはあの本――『芸術論』――でなかったら、あかんということや」

「本やなかったら、あかんかったということ？」

「ただの本と違て、あの本やなかったら、あかんかったはずや。そやから、あの本には何かの仕掛けがあるはずや。あの本を調べたら、その仕掛けがわかるかもしれへん。そしたら、密見子らを助けることができるかもしれんやんか」

「本やったら、あんた、もう持ってるやんか」未香が反論した。

「いろいろな人から集めたいんや。すでに、発狂した人からも、まだ、発狂していない人からも」

「なんで？」未香は完全に聞き役に徹していた。

「その間に何か違いがあったら、その違いが鍵になるはずや」

「あんたのと、密見子のと、二つで十分やんか」

「一つや二つではあかん」麗美子は辛抱強く説明した。「偶然ちゅうこともあるもん。たまたま、密見子の持ってた本のあるページがやぶけてたとしても、それが原因とは限らへん。例えば、発狂した人の本全部がそのページ破れてて、他の人の本では全部破れてなかった時、始めてそれが原因……そうや、密見子の本や。密見子の本はまだ、家にあるんかな？」

「うん。まだあると思うで。高菜君、別に捨てたとも言うてへんかったし」

「ほんなら、それ持ってきてくれへんかな？」

「うん。わかった」

「今度、会うた時でええから」麗美子は話題を高菜信士のことに変えた。「ところで、高菜君、どんな具合?」

「うん。まだ、家に閉じこもってるみたいや。両親は明日、退院みたいやけど、密見子はまだ意識不明やし。ほんまやったら、今日は二人で、オフミに行くはずやったのに」

「どこ、行くて?」

「オフミや」未香は答えた。

「何それ?」

「オフライン・ミーティング」

そう言われても、なんのことか、麗美子には見当もつかなかった。

「もう、ちょっと、わかりやすう言うて」

「オンラインてわかるわな」未香は少し得意げに説明を始めた。

「インターネットに関係あること?」

「まあ、そんなことや。専用回線とか、電話回線を使うことをオンラインていうから、そんな回線を使わんことをオフラインていうね。オフライン・ミーティングいうのはつまり、直接、会うて、呑みにいったり、カラオケいったり……」

「ほんなら、ただのデートや」

「いや、オフミっていうのは、ふだん、オンラインでしか会うたことないもんらが集まることやねん」

「ええ?!　ほんなら、インターネットで知り合うたもんらどうしが、集まるんかいな！」

麗美子は驚きの声をあげた。

「うん。そういうことや」

「そやけど、あんたらはコンピュータで知り合うたんと違うやん」

「ああ、わたしらは違うで。高菜君がネットで知り合うた人らとのオフミにわたしを誘てくれたんや」

「そんなん大丈夫か？　あんたら、気ぃ付けた方がええん違う？　そんな知らん人らと、酒呑むやなんて」

「平気やて。今時、こんなことぐらい当たり前や」

「そうか。まあ、それやったら、ええけど」麗美子にはこれ以上、高菜の話を続ける気力はなかった。「とにかく、くれぐれも、あの本はもう読まんようにな。高菜君にも言うといて」

「うん。言うとく」

「あ！」麗美子は大声をあげた。

「なんやの？　びっくりするやんか」

「ごめん。ごめん。大事なこと思い出したんや」

「大事なこと？」未香は尋ねた。

「みかぴ、三人に連絡ついたて言うてたな」

「うん」

「ほんで、二人は無事やったて言うてたな」

「うん」

「もう一人はどやったん?」

「それがようわからんねん」未香は答えた。

「どういうこと?」

「うん。本人と連絡ついたことはついたんやけど、話にならんねん」

「話にならん?」麗美子は眉をひそめた。

「電話、出た時から、ずっと、オペラ歌いぱなしやってん」
＊

わたしは子供の頃から、ずっと、芸術家になることを夢見ていた。それも、普通の芸術家にではなく、歴史に名を残すような芸術家になりたかった。鑑賞者にその価値を委ねるような相対芸術家では満足できない。専門家のみに理解されるものでも、逆に、大衆にのみ理解されるものでも我慢できない。すべての人々に一様に価値を認められたかったのだ。生きている時にのみ評価されるのにも、死後に評価されるのにも耐えられない。わたしの芸術はすべての時代に平等に受け入れられる必要があった。鑑賞者の価値観、時代の価値観が基準であるならば、作品それ自体の価値とはなんであろう？　芸術性は作品ではなく、鑑賞者に依存するものだとでも言うのだろうか？　わたしは鑑賞者とは無関係に絶対的な価値を持つ芸術の創作者——絶対芸術家になりたかった。

そのための方法はわかっていた。絶対芸術を創作すればいいのだ。

絶対芸術——それはいったい、どんなものだろう？　それは鑑賞する人全ての精神に影響を与えるものでなければならない。ただ、感動するというだけでなく、その後の人生に変化を与えるものでなければならない。行動にも発言にも、日々の生活のこまごまとしたことにまで新たなものを発現しなければならないのだ。そして、その影響は芸術的でなければならない。そう。絶対芸術を鑑賞したものたちはすべからく、芸術家になるべきだ。

もちろん、従来の芸術でも、それに近いものはあった。文学作品が画家にインスピレーションを与え、音楽が物語を作り出し、舞踊が彫刻に生まれ変わることはあった。それらは絶対芸術に近いものではあったが、絶対芸術そのものではない。なぜなら、それらを鑑賞するすべての人々が芸術を紡ぎ出すわけではないから。しかし、人類はそのような芸術を追い求めている。それは人類の心の奥底に眠る絶対芸術に対する渇望によって、起こされる衝動なのではないだろうか？

わたしの半生は絶対芸術の研究に費やされた。芸術そのものの研究よりも、むしろ、心理学、哲学、宗教学の研究を主に行った。絶対芸術は精神の仕組みに深く関係しているように思えたからだ。そして、わたしの研究が大脳生理学に及んだ時、一つのアイデアがわたしの心に浮かんだ。

絶対芸術はなんとソフトウェアに似ていることか。

ソフトウェアはそれ自体が活動を行わない情報が本質である。それはプログラムという情報の形態を持ち、ハードウェアにインストールされて初めて、その機能を実行に移す。そして、ハードウェアから、別のハードウェアに転送することができる。

絶対芸術は言うまでもなく、芸術であり、前に述べたように芸術とはある種の情報に他ならない。芸術は人の心で捕らえられなければなんの意味もない。それは紙の上のインクであり、キャンバスの上の絵の具であり、筋肉の運動であり、空気の振動であり、石と木の組み合わせにすぎない。しかし、それらが人の心に捕らえられた瞬間、それらは意味を与えられ、胎動を開始する。人の心に感動を与え、本人が自覚しているいないにかかわらず、なんらかの影響を残すのだ。もし、それが人の心の中で新たな芸術を作り出すならば、それは芸術と人の共生と言えるのではないか？

わたしは情報工学と生物学の研究を始めた。しかし、精神の共生体を作り出すことは容易ではなかった。わたしは渇望のあまり、狂乱状態に陥りながら、なおも研究を続けた。そして、ある晩、夢の中でわたしは思い出した。すでに、絶対芸術を体験していたことをわたしがそれと接した場所の名はある理由から、明かすわけにはいかない。しかし、それは「名付けることが禁じられた土地、ゲリル」にほど近い場所だった。

＊

麗美子は叫んだ。

いつのまにか、「芸術論」を開いて読んでいたのだ。

いったい、いつ読み始めたのか、自分でも思い出せない。夢遊病になったのか？　それとも、催眠状態になっていたのか？

麗美子は反射的に床の上に本を投げ出した。本はぱたんと閉じた。

未香と電話していたことは覚えていた。だが、その後はいったいどうなったのだろう？　時計を見ると、どうやら、あれから、二時間ほどたっているようだった。

全身、汗ばんで、ぬるぬるする。風呂にはいりたい。

電話が鳴った。麗美子はなぜか胸騒ぎがして、電話に飛び付いた。

「もしもし、わたし」未香の声だった。

「どうしたん？」

「えらいこっちゃねん。高菜君とこの親がおかしなってしもた」

「え？　お父さんの方？」麗美子はつとめて、冷静な声で尋ねた。「それとも、お母さんの方？」

「両方らしい」

「『らしい』て、あんた、知らんのかいな？」

「うん。高菜君から、電話があってん」未香は震える声で答えた。

「いつ？」

「ついさっき、三十分程前や」

「どうなったて？」

「夫婦そろって、ダンスしてるらしい」

「ダンス？」麗美子は眩暈を感じた。

「高菜君とこ、あれから、密見子だけ病院に残して、両親は退院して、高菜君も実家から会社に通っててん。ほんで、今日帰ってきたら、居間で二人が踊ってたらしい」

「みかぴ、落ち着いて」麗美子は言った。「踊ってたぐらいで、おかしなったとは言われへんで」

「うん。それはわたしも思た。そやけど、高菜君が声かけても、全然気付かへんかったんやて」

「それで？」

「高菜君、ダンス止めさそうとしたんやけど、二人に投げ飛ばされたんやて。……あの時と同じや」

未香が密見子の発病時のことを言っているのは明らかだ。

「ほんで、高菜君は？」

「救急車呼びにいってん。その間に二人は、開けっ放しになってたドアから、踊りながら外に出ていったらしい。高菜君、声、嗄《か》れるまで、二人を呼んで、探し回ったんやけど、結局、行方不明になってしもたんや」

「二人、本、読んだん？」麗美子は事務的とも言えるような口調で訊いた。

「ううん。わたし、高菜君に訊いたんやけど、あの本、読んだんは密見子だけやったて」

「それ、ほんま？」

「うん」

「絶対にほんま？」麗美子は念を押した。

「うん。絶対、ほんまや」未香ははっきりと言った。「おととい、れみちが言うたから、わたし、高菜君にすぐに電話して、言うたんや。そしたら、『僕はまだ読んでへんから、大丈夫や』言うて、親二人にもその場で訊いてくれたんや。『二人とも、本、触ってもいいひん』て言うてた」

「そしたら、振り出しかいな」麗美子は落胆した。「あの本、読まんかったら、いける、思てたのに、他に何か原因、探さな……みかぴ、あんた、今、『おととい』て言うたな」

「うん」

「おとといていつや？」

「おととい、言うたら、昨日の前の日や」

「おととい、わたしら会うた？」

「会うてへん。電話で話しただけや」

「その時、わたし、なんて言うた?」

「『同級生に電話して、呪いの原因がわかった。最後まで読むことや』て」

「…………」

「れみち、急に黙り込んで、どないしたん?」

「なんでもない」麗美子は平静を装った。「ちょっと、勘違いしてただけや。そんなことより、明日、高菜君のうちに行こう思うねんけど、あんたも来てくれる?」

「うん。わかった」

電話を切ると、麗美子は腕組みをし、ベッドに座り込んだ。

ということは、まる二日間、記憶がなくなっていることになる。ずっと、気を失っていたのだろうか?

麗美子は自分の体を調べてみた。特に汚れていたり、臭くなっていないところをみると、風呂には入っていたようだ。それに空腹でもない。ちゃんと、食事をとっていたはずだ。となると、夢遊病のように無意識のまま生活をしていたのだろうか? それとも、実はこの二日間、特に異常があったわけではなく、ここ数時間の間におきた何かが原因で二日間の記憶が消えてしまったのだろうか?

麗美子ははっと、間山伊達緒の本を見つめた。いずれにせよ、あの本が原因である可能性は大きい。

急いで、本をしまうと、麗美子は部屋中を調べ始めた。

冷蔵庫の中には買った覚えのない食料品が入っていた。洋服ダンスの中の服の順番も変わっているようだった。もちろん、それほど自信があったわけではない。洋服ダンスの中の服の配置を記憶している者などほとんどいないだろう。

堪らなく、嫌な感じがした。自分の昨日の行動がわからないのだ。二日間、自分は正常に行動していたのだろうか？　それとも、密見子ほどではないにしても、異常な状態だったのか？　明らかな心神喪失状態だったのか？　それとも、酒に酔っているような状態だったのか？　もはや、昨日の晩、自分が見知らぬ男をこの部屋に引き込んではいないということすら断言できない。わたしは首を突っ込み過ぎたのだろうか？　これは間山伊達緒からの警告なのだろうか？　すでに、あの本にわたしの精神は乗っ取られているのか？　この二日間、自分はちゃんと、出社していたのか？　会社の者に変に思われなかっただろうか？

麗美子は苦笑した。

もちろん、この二日間以前からすでに変に思われていただろう。数分ごとにトイレに立ったり、仕事中、うわの空だったり、遅刻と早引きを一度にしたり。

明日は休日なので、今日中に会社に電話して確かめようとも思ったが、この時間では誰もいない可能性が多い。腹を決めて何食わぬ顔で出勤して、みんなの反応を見るしかないだろう。最悪、失神したふりでもすればなんとか、その場を逃れられる。そのまま、会社をやめてしまってもいい。今はそんなことを心配するよりも、明日、高菜家で何か手掛かりを得ることの方が重大だ。なんとしても、摑まなければ。それが、間山伊達緒への対抗手段にもなるのだ。

次の日の早朝、二人は前の時のように駅でおちあった。

「それで、高菜君の両親の踊りて、うまかったん？」麗美子は早足で歩きながら、未香に訊いた。

「うん。高菜君に聞いた話ではな、家に帰って、戸ぉ、開けたら、お母さんが、豹柄のドレスをアマゾネスみたいに体に巻き付けて、玄関に立ったはったらしい」

麗美子は密見子のピアノを聞いて気を失っている姿を見ただけだったが、高菜信士の母親は多分六十歳前後のはずだ。体型だってお世辞にもスマートとは言えない。むしろ「河馬のような」という比喩がふさわしい。その彼女が豹柄のドレスを体に巻き付けている様子を想像することは困難だった。

「廊下の蛍光灯には橙とか、緑とか、紫とかのセロハンが貼ってあって、安物のディスコみたいになってたんやて」未香は麗美子の戸惑いに気付かないのか話を続けていた。

「本当は廊下だけと違て家中の照明にセロハン貼ってたらしいんやけど、その時は高菜君は廊下しか見てへんかったそうや。ほんで、お母さん、高菜君の顔見て、にやりと笑て、一声、叫ばはったらしいねん。『ダンシング!!』て」

尋常な様子ではない。いきなり聞いても信じられないような話だ。しかし、残念なことに、高菜密見子の狂乱ぶりを体験した後では、もはや笑い飛ばすことはできない。

「ほんで、くるりと爪先立って、回転しようとしたらしいんやけど、体重支えきれんと、がたんと倒れはってん」未香は内容を聞くと喜劇の一シーンとしか考えられないようなナンセンスな状況を陰気な調子で語った。「高菜君、びっくりして、抱き起こそうとしたら、両手振り回して、ひっくり返ったまま、廊下でばたばた踊るんや。そやから、起こすに起こされへんから、高菜君、お父さん、呼びにいったら、書斎でタイツ姿になったはったんやて」

「タイツて、あのバレリーナが練習する時に着るようなやつ？」麗美子はできるだけ冗談めかして、明るく尋ねようとしたが、声が少し震えてしまった。

「そうそう。それそれ」未香はため息をついた。「そんで、手ぇと足を交差して、斜め上を向いたはったんや」

　高菜信士の父親は母親よりもさらに年上だったはずだ。やはり、肥満体型で首が短く、猪を思わせた。

「高菜君が入ってきたのを合図にしたみたいに、お父さん、頭をめちゃくちゃに前後に振りだしはったんや」未香はできるだけ正確に説明しようと記憶を辿っているのか、眉間に皺を寄せた。「ほんで、『しぇきなべえべえ』とかなんとか、叫んだそうや」

「何？　その『しぇけなべえべえ』て？」

「なんか知らんけど、他にもいろいろ、叫び声あげながら、両手を閉じたり、開いたりしながら、ぐるぐる回らはってん。二、三分、そうやって回ってたら、気分悪なったらしゅうて、『おえっ』て言うて、白目剝いて、倒れはってんて。……お父さんは倒れたまま床の上で、くるくる回るつもりやったみたいやけど、体の自由がきかんから、掌でぐいぐいと絨毯すって、じわじわ回転してはったんやて。ほんなら、今度はまた玄関の方からどたばたと大きな音がするから、慌てて行ったら、お母さんがなんかモンキーダンスみたいなことしたはって、高菜君を見て、また、にたあて笑てとんぼきらはったんや」

「とんぼきるて、バク転のこと?!」麗美子は悲鳴のような声をあげた。

「うん。けど、あのお母さんには、とんぼきりは無理で、後頭部から、床につっこんだらしい。高菜君、どうしてええか、わからんと、ぼうっと、立ってたら、いつのまにか、お父さんが後ろに立ってて、『わんつぅすりふぉ!!』て言いながら、お母さんを引き起こそうとして、自分も、ひっくり返って、玄関のコンクリに体打ち付けて、血塗れや」

麗美子は密見子の指のことを思い出し、胸が悪くなった。

「その後、なんとか、二人とも起き上がって、ソシアルダンスを始めたんや。高菜君は止めようとしたけど投げ飛ばされてしもうたんやて」未香は話し続けた。「それでだんだん、テンポ速なって、二人の踊りもディスコ調になってきて、お父さんが片手でお母さんを持ち上げようとしはったんやけど、バランスを崩して二人とも倒れてしもうた。

その弾みで、お母さん、壁で頭打って、血ぃ出すし、お父さんの手首は変な音立てて、ぶらぶらになるし……。それでも、二人は挫けんとまた、踊りはじめたんや」

「高菜君、どうしてたん？」

「あまりのことにしばらくは放心状態になってたんやけど、二人が大怪我したのを見たら、さすがに我に返って、玄関から飛び出して、公衆電話から救急車を呼び出したんや」

「なんで、家からかけへんかったん？」麗美子は疑問点を指摘した。

「二人が倒れた時に電話をひっかけて線が切れてしまったらしい。……ほんで、家帰ったら、もぬけのからや。『玄関の戸ぉ、開けっ放しにしてたんが、悪かったんや』言うて、高菜君、えらい落ち込んでんねん。救急隊員の人が来た時もあまりのことにどう説明してええかわからんと、必死に説明してたら、自分が連れていかれそうになったて」

「ほんで、二人は見つかったん？」

「それがまだなんや」

　高菜家の前に着いた。

　未香がブザーを押そうとした時、中から、高菜信士が現れた。

　麗美子と未香は信士を見て、あっと声を漏らした。信士はベレー帽を被り、ダリのような先がぴんとはねた長い口髭を生やしていたのだ。よく見ると、髭は絵の具かインキで描かれたもののようだった。その全身は七色に濡れていた。

「ひらーり!!」信士は目を見開きながら叫ぶと、閉じたままの門を跳び越えようとした。

跳び越えようとはしたが、足首がひっかかってしまい、どさっと道路に横たわった。

　未香は今度は大声ではっきりと、悲鳴をあげた。

「未香、落ち着くんや！」麗美子は、じっと息もせずに信士を見つめる未香に呼び掛けた。

「おお!!　そこにいるのはレイディたち!!」信士は起き上がると二人のそばに立ち、同時に彼女たちの手をとり、甲に接吻した。

「いったい、どうしたん？」麗美子は無駄だとは思ったが、一応、尋ねて見た。

「ふっふ!!　これだよ!!　これ!!」信士はズボンの中に手を突っ込み、筆先が、何種類かの絵の具、もしくは、ペンキに塗れた絵筆を取り出した。いや、よく見ると、書道用の筆で、筆先だけではなく、全体が絵の具塗れだった。「僕はアートに開眼した!!」そして、筆を鼻と上唇の間に挟み、腕組みし、隣の家の塀を眺めていたが、おもむろに筆を振り上げたかと思うと、「さっささ!!」と叫びながら、何か牛とも犬とも決め兼ねるような動物の絵をその隣の家の塀に描き始めた。筆先にいろいろな色が混じっているので、色は刻々と変わって行く。

「れみち、どないしょ?!」未香は怯えて声をあげた。

「落ち着くんや。慌てたら、あかん」麗美子も怯えていた。

「コオ!!」信士は叫んだ。

「『コオ!!』て言うてる」未香が呟いた。

麗美子は深呼吸をした。さっき、信士は麗美子の質問に答えたような感じだった。ということは、会話はまだ成立するのかもしれない。

「高菜君」麗美子は呼び掛けた。冷や汗が背中を流れる。

しかし、高菜信士は聞こえているのか、いないのか、黙々と作業を続けた。

「高菜君！」麗美子はさらに大きな声で呼び掛けた。

信士はちらりと、麗美子の方を横目で見て、壁に向かって、話し始めた。

「おお、僕は最近、独言の癖があるんだよ!!　だから、今、喋ってるのも独言さ!!　ところで、さっきから、滝川麗美子さんが、『高菜君』と言っている!!　僕の名字も『高菜』だけど、まさか、僕のことではないだろう!!　きっと、近くに他の『高菜君』がいるんだな!!」信士はまた、ちらりと、横目で麗美子の顔を伺った。「だって、僕のことを君付けで呼ぶわけはないもの!!　アーティストに対して、まさか、君付けなんて!!」

「高菜君が東京弁で喋ってる。今まで、そんなことはいっぺんもなかったのに」未香は麗美子の二の腕を強く摑んだ。

「あの……画家の高菜信士先生」麗美子は信士の要求に従った。

「おお!!　なんだね?!　滝川さん」信士は勢いよく、振り向いたため、絵の具が飛んで、麗美子の顔にかかった。

コミカルな状況のはずだということは頭ではわかっているのだが、麗美子たちのユーモアのセンスは乾ききってしまっていた。

「あの、わたしの勘違いかもしれませんが、先生が絵をお描きになられるようになったのは、つい最近のことですね」

「うんにゃ!!」信士は左手を腰にあて、右手で絵筆を高く掲げた。「僕は幼少の砌《みぎり》より、絵を描いておった!! 幼稚園の先生にも褒められた!!」

「あの、先生」麗美子は慎重に質問を変えた。「そういうことではなくてですね。このようなですね。芸術的な作品を最近、急にお描きになられるようになったきっかけはなんでしょうか?」

「コオ!!」信士が絵筆を振り下ろした時、また絵の具が麗美子の服に飛んだ。「よくぞ、訊いてくれた!! 僕の妹、密見子のピアノがきっかけなのだ!!」

近所の人々がだんだんと、高菜家の周りに集まってきた。みんな人込みの中に自分の話し相手を見つけて、ひそひそと何か喋っていた。

「密見子には僕と同じアーティストの血が流れておったのだよ!! ある日、音楽に開眼したらしく、密見子は素晴らしい曲を弾いてくれたのだ。その瞬間、僕の頭に雷鳴が轟き、稲妻が走った!!」信士は壁にピンクのぎざぎざの線を描いた。稲妻のつもりらしい。

「その曲のあまりの見事さに僕の眠っていた才能が呼応したのだ!! コオ!!」

「そしたら、先生のお父さんと、お母さんも……」

「ううむ!! あの二人も僕と同じ血が流れてはいるのだが、何かが足りなかったのだ!! そのセンスはあったんだろうが、才能がなかった!! 密見子のピアノにイメージを触発されて、ダンスで表現しようとしたらしかったが、酷いものだった」

「ということは、先生も先生のご両親も密見子さんのピアノを聞いてから、芸術に目覚めたということですね？」

しかし、もう、高菜信士は答えてくれなかった。完全に自分の世界に入ったようだった。そして、塀に次々と絵を描いていく。しかし、その絵はお世辞にも芸術とはとても言えないようなしろものだった。むしろ、子供の落書きの方がよほど芸術的だったろう。

麗美子はしばらく、じっと、信士の描いた——あるいは、描きつつある絵を眺めていたが、そのうち、だんだんと目がつり上がってきた。そして、心配そうに、顔を覗き込んだ未香の手を摑むと、そのまま走って、高菜家に引きずり込んだ。

「ひいひいひい」未香は恐怖のあまり声がうまく出なかった。「れみち……まさか……あんたも……高菜君……みたいに」

「心配せんでええ。わたしは大丈夫や」麗美子は言い切った。

「ほんまに？　信じてええのん？」

麗美子は大きく頷いた。もちろん、本当はそれほど自信があるわけではないが。

「みかぴ、訊きたいことがあるねん。あんた、高菜君、コンピュータ、やってる言うてたな」

「うん。わたしもちょっと、教えて貰た」未香はきょとんとしたまま、答えた。

「コンピュータ、あるのんは高菜君の下宿だけ？　それとも、この家にもある？」

「ある。ある。みっちゃんも、ちょっとだけパソコンやってたから」

「コンピュータ、どこにあるん？」

「二階の階段上がって、左の部屋や」

麗美子はそのまま未香の手を引っ張りながら、階段を上った。

本を読んでいない信士や、その両親が精神に変調をきたした理由は、密見子の音楽を聞いたことにあるのは、ほぼ間違いない。つまり、密見子は本から直接、芸術家ソフトウェアをインストールされ、後の三人は密見子の脳もしくは精神からピアノ演奏を媒体として転送されたのだ。密見子はもうピアノを弾けないが、信士や彼の両親からさらに転送が繰り返される危険は残っている。しかし、幸運なことに踊りや絵を、行き当たりばったりに、出会った人々に見せるだけではソフトウェアの伝播のスピードは知れている。警戒しなければならないのは、マスメディアにのった場合だ。例えば、間山伊達緒の本のように出版されたり、あるいは、テレビで全国放送されるのは非常にまずい。でも、これらの可能性も現状では皆無と言っていい。ただ、気になるのは、高菜信士の趣味がコンピュータだったことだ。コンピュータ・ネットワークを使えば、一瞬のうちに膨大な数のコンピュータに情報を頒布することが可能だ。そして、それは単なる通信の形態をとっているために、出版や放送に比べてはるかに容易に実行できる。そう、会社員にでも、ＯＬにでも、学生にでも。

家の中には床にも、壁にも、天井にも、家具にもすべてに信士の絵が描かれていた。それは確かにおもしろい見物だったが、やはり、心を打つようなものではなかった。色の配色が全く無意味で苛立ちさえ覚えた。題材は身近な動物、乗り物、建物、人物、太陽、月などであり、児童が描く絵のレベルを越えるものではなかった。

麗美子は青い駱駝の描かれた信士の部屋のドアを蹴ってあけた。正面にパソコンのモニタがあり、そこには信士の描いた赤と黒が入り交じった兎の絵が映し出されていた。

麗美子の頭からすうっと血が引き、目の前が真っ暗になった。恐ろしいことになってしまった。すでに信士はあの絵を発信してしまったのか？

麗美子はその場にしゃがみ込み、視覚が回復するのを待った。そして、突然、襲ってきた頭痛を無視して、モニタの前に向かった。

兎の絵はモニタに映し出されたものではなかった。それは絵の具でブラウン管に直接、描き込まれていたのだ。

麗美子は袖でブラウン管を擦って、絵の具を拭きとった。どうせ、服は汚れている。

「みかぴ、スイッチ入れて！」

未香は言われるままに起動操作をした。モニタにロゴが現れて消えた。

「立ち上がったで」未香が言った。

「あれは、どこにあるん？　高菜君のホームページていうやつは？」麗美子は頭を両手で押さえながら言った。

「あれはこのコンピュータに入ってへん。プロバイダの持ってるコンピュータや」

「何？　プロバイダ？……あっ、説明はええから、とにかく、それに繋いで。高菜君のホームページの中身を消さなあかんかもしれへんのや」

「それは無理や」未香が泣き声で言った。「わたし、高菜君のパスワード知らんから、入られへん。高菜君にパスワード聞かなあかん」

麗美子は窓から外を見た。信士はまだ、塀に落書きをしている。その横では隣家の住人が必死になって、落書きを止めるように説得をしているようだった。とても、パスワードを聞き出せるような状態ではない。

「見るだけやったらできる？」麗美子は訊いた。

「うん。わたしのＩＤで入ったらええんや」未香は答えると、慣れた手つきで、キーボードとマウスを操作した。ほどなく、モニタに信士のホームページが映し出された。

ウィンドウ内に手書き文字で、大きく、「しんじくんのじゆうこーなー」と書いてある。その下にはメニューがあり、「詩と歌」「信士の写真館」「信士と未香の歌謡劇場」「めっちゃ、おもろいページへのリンク」等と書かれていた。

「一通り、全部、見せて」麗美子は何も見逃さないようにモニタを凝視しながら、言った。

「他のホームページへのリンクはええやろ。これは高菜君の作ったやつと違て、他のホームページに繋がってるだけやから」

信士のホームページの内容はたいしたものではなかった。自己紹介と、いくつかのスナップ写真、自作の詩、そして、カラオケで歌った曲の録音などだった。

「高菜君のホームページはこの他にはないねんな」麗美子は詰問するように言った。

「うん。これだけや」

「ホームページ以外に絵ぇを発信する方法は？」

「うーん。電子メールとか、ネットニュース、パソ通の会議室とか掲示板でもできんことはないけど、基本的に文字情報を扱うもんやからなぁ。高菜君はホームページを持ってるから、絵ぇを発信したいんやったら、ホームページ使うはずや」

高菜信士には絵画以外の才能は現出していない。今までに知っている範囲の被害者はすべて一種類の芸術にしか開眼しなかった。信士が文字情報を使って、芸術家ソフトウェアを頒布した可能性はまずないだろう。

麗美子はふうっと息を吐きながら床に座り込んだ。とにかく最悪の事態にはならなかった。


家の外でブレーキの音と何人かの悲鳴が聞こえた。未香が飛び上がり、階段を一気にかけ降りた。麗美子も後を追う。

高菜家が面している路地は二十メートルほど離れたところで、やや広く、交通量が多い道路に交わっていた。その交差点に人だかりができていた。二人はなんとか人々をかきわけながら、前に進んだ。みんなの会話が耳に入ってくる。

「こいつ、いきなり、飛び出しよったんや」

「『コオ!!』て言うてたぞ」

「車道になんか描きたかったみたいやなぁ。筆も持ってるし」

未香は涙と鼻水で顔をぐしゃぐしゃにしながら、そして、麗美子は無言で、前進した。ついに、事故の現場が二人の目に入った。

信士の下半身はおかしな具合に捩じまがっていた。しかし、まだ、意識はあるらしく、弱々しく、書道の筆を振っていた。初めは全身の絵の具のため、出血の程度ははっきりしなかったが、徐々に出血が進み、他の色を打ち消すように、すべてが赤に染まっていった。

やがて、救急車が到着し、信士は中に運び込まれた。未香も続いて、中に入った。麗美子は一瞬躊躇したが、ついていくのは止めることにした。おそらく、何もできないだろうと思ったからだ。

救急車のドアを閉めるまでの間に、麗美子は信士の姿を見ることができた。信士は溢れ出る自らの血に筆を浸し、救急車の内壁に消防車の絵を描いていた。

「この赤だよ!!　この色が欲しかったんだ!!」

＊

Q@：MT@：E：YR．BSTS@4TF0TOUET@0QDFP@zQEI3．
FR@KF@D9IS@4DWME：UEBST@9H3．QS5F@UYS@M3D
FBYQ@NPUKQ@T@3．VCKNPIEB4SR．SS@4DQ0：TNAT
@0TOUESEzWMUD@NK4REJAW@FUHJEIAK94IT9zWE．
JAW@Q@NPKQ@EQEKF@D）M0TzWE．SB～T@～D@KVSZV
SZTHIYDWNWM：zG）HNZTOR@D@JESE4BST@3zW33

*

信士の事故に自分の責任が全くなかったとは言い切れまい。麗美子は自分の部屋に戻った後、そう考えた。確かに、あの時は、信士のホームページを確認することが重要だと思った。しかし、実際にはホームページには問題はなかった。もちろん、それは単に幸運だっただけで、ホームページに信士の絵があった場合の被害を考えれば、麗美子の行動はしかたなかったのだと自己弁護することもできる。だが、信士のホームページに絵があったとして、自分がどんな手を打てたのか、説明できるだろうか？　本人以外がプロバイダに連絡しても、ホームページの契約を取り消してはくれないだろう。本当のことを言って頼んだりしたら、余計不審に思い、取り合ってくれなくなっていただろう。となると、ハッキングとも、クラッキングとも言われる違法な方法でコンピュータに侵入しなければならないが、麗美子はもちろんのこと、未香にもそれだけの腕前はない。

そのようなことができる人間を探しだして、仲間にするとしても、いったい何から手をつければいいのか、考えるだけで気が遠くなる。一方、家の中などに入らずに、信士のそばについていたなら、あのような事故にはならなかった可能性は大きい。自分の行動は多分間違っていた。未香は何も言わなかったが、心の中では恨んでいるかもしれない。

今こそ、じっくり考えるべきだ。今、自分がとるべき最善の行動は何か？　自分一人でいったい何ができるのか？　おそらく何もできないだろう。実際、手掛かりはこの本だけなのだ。しかし、麗美子は科学者でも、探偵でも、超能力者でも、占い師ですらない。これ以上、この本から何かを引き出すことは不可能に近い。

自分一人で解決することが無理なら、誰かに助けを求めるしかない。今、仲間と言えるのは未香だけだが、麗美子より未香の方が解決に近いところにいるとはとても思えなかった。かと言って、他の同級生や会社の同僚や上司が力になるはずもない。それどころか、相談した時点で精神科医を紹介されるかもしれない。

いっそのこと精神科にかかろうか？

麗美子はふとそう思った。自分が精神病であると認めてしまえれば、どんなに楽になることだろう。すべてが、妄想の産物だと信じられれば、この不安から解放されるのだ。しかし、麗美子は自分の精神が正常であることを知っていた。この恐怖から逃れる口実にはならないのだ。

本当にそうやろか？

精神に変調をきたしたものは自分ではわからないという話を聞いたような気がする。案外、自分は本当に発狂しているのかもしれない。

麗美子は椅子に座り、目をつぶった。そして、この数日の間に自分が体験したことを落ち着いて反芻した。何かすべてを説明できる簡単な仮説はなりたたないだろうか？ばかげた本の呪いなど笑い飛ばせられないだろうか？

しかし、一連のできごとを説明できる合理的な説明などみつからなかった。もちろん、麗美子が完全に発狂しているのなら、見つからなくても当然かもしれない。もっとも、自らの正気を完全に証明できるものなどいない。人はみな自分の正気を信じて行動するしかないのだ。

麗美子は本を手に取ると、部屋から外に出た。警察に行くことにしたのだ。密見子が錯乱した後に取り調べをした刑事にこの本をわたすのだ。本当のことを言っても信じて貰えないだろうが、この本を読んでから、密見子がおかしくなったと言えば、関心を持つかもしれない。そして、うまくいけば、この本を科学分析にかけてくれるかもしれない。そうすれば、手垢やページの間に挟まった毛から、前の持ち主が特定できる可能性がある。あるいは、なんらかの科学物質が呪いの正体であることが判明するかもしれない。なぜ、このことに気が付かなかったのだろう。

マンションから出て、麗美子は初めて、雨が降っていることに気が付いた。わざわざ、部屋にまで傘をとりに帰るのも、面倒だったので、マンションの一階にあるコンビニエンス・ストアでビニール傘を買った。白いワンピースを着ていたので、泥はねに注意しなければいけないが、十分足らずの駅までの道は舗装されており、雨も降り出したばかりだったので、大丈夫だろうと判断して、片手で傘を持ち、もう一方の手で持ちにくそうに本を抱え込み、麗美子は駅に急いだ。

駅までの途中、何人かの人が、麗美子に何かを言おうとして近付いてきた。いったい、何だろうかと麗美子が顔を向けると、相手は顔を背けた。特に男性の場合、逃げるように去っていく。いったい、自分が何をしたのだろうと悲しくなった。そう言えば、初めて、この本を読んだ次の朝もみんなにみられていた。麗美子は本を持ち替えて服の袖で顔をごしごし擦った。

駅に到着したころには雨はあがってしまった。麗美子は傘を買ったことを少し悔やんだ。十分程、待ってから出発すればよかった。

自動券売機に硬貨をいれていると、後ろから肩をたたかれた。即座に振り向くと、中年の女性がいた。

「はい。なんですか?」麗美子は煩わしそうに言った。

「あんた、中学生と違うねんから、気ぃ付けなあかんわ」女性が言った。

「はぁ?」麗美子は何のことだかわからなかった。「何ですか? あの、わたし、初対面ですけど」

「わたしかて、あんたのことなんか知るかいな」女性は少しむっとしたようだった。

「そやけど、わたしは親切心から言うてるんやで。大きな声で言うたら、あんたが恥ずかしいやろと思てな。これ見てみ」中年女性は顔はあらぬ方にむけながら、麗美子のワンピースのスカート部分を指差した。

真っ赤に染まっていた。麗美子は一瞬、息ができなくなった。スカートは赤い滑《ぬめ》った液体のせいで麗美子の足にぴったりとくっついていた。スカートの生地は液体を吸収しきれなかったようで、白い足に糸のように流れだし、靴の中にまで続いていた。

違う！

麗美子は中年女性の肩を掴んだ。説明しなあかん。これは違うねん。

女性は驚いて、一歩下がった。女性の向こう側に人々が半円形に取り囲んでいるのに気が付いた。目を見張る男。口を半開きにしている女。にやにや笑う男子学生。

説明しなあかん。みんなに説明しな。一人ずつ摑まえて説明するんや。

麗美子は一歩、踏み出した。人々は突然、何も見なかったふりをして、歩き出した。

みんな行ってしまわんといて。違うんや。これは本の汁なんや。傘から垂れた雨の滴が本を濡らして、本についてた汚れを溶かしたんや。それがスカートについただけや。ほら、色かて違う。匂いかてしてへん。みんな、もっとよう見て！　しかし、麗美子は説明することはできなかった。口の中がからからになり、目と口を開いたり閉じたりするのが精一杯だった。そして、最後には中年女性を押し退けて、家に向かって歩き出した。

「なんやの！　礼ぐらい言うたらええやんか！」中年女性が麗美子の背中に叫んだ。

とにかく、帰るんや。こんなかっこで電車になんか乗られへん。

擦れ違う人々はみんな、麗美子からすこし離れるように湾曲したコースを歩いた。しかし、その目はあくまで、あらぬ方を向いていた。また、麗美子と同じ方角に歩く者たちは不自然にゆっくり歩くか、麗美子よりさらに早足で歩くことにより、麗美子との距離をあけた。あっというまに形成された群衆の中にぽっかりあいた穴に麗美子はぽつんと取り残された。

大丈夫や。ほんの十分で家に着く。

麗美子は大通りからはずれて、歩道と車道が白線で区切られただけのアスファルトの脇道に入った。その時、平らだった道が突然、傾斜を持ち、目の前にせりあがってきた。

ああ、ついに来た。麗美子は悟った。はっきりと、自分の精神が崩壊していくのが感じられた。精神が小さな断片を積み上げた構造になっていることを初めて知った。麗美子は石垣のようだなと思った。そう。石垣が崩れていく。

濡れたアスファルトは麗美子の顔の手前、三十センチにまで迫った。すると、今度はアスファルトの一部分がゆっくりと、盛り上がってきた。盛り上がりの先端部はピンポン玉ほどの丸い歪んだ円柱形をしていた。生き物のように震えていた。突起はさらに成長して、麗美子の唇に達し、口中に分けいろうとした。

「嫌！」麗美子は顔を背けた。と、同時にずるずると、坂道を滑り出した。爪を立てて、静止しようとするが、どうしても止まることができない。本と傘を落としてしまったが、拾う余裕はない。麗美子はスカートから本の赤い汁を搾り出し、人差し指を浸し、道に字を書いた。

助けて助けて助けて助けて助けて助けて助けて助けて助けて助けて助けて助けて助けて助けて助けてたすけてたすけてたすけてたすけてたすけてたすけてたすけてたすけてたすけてたすけてたすけてたすけてたすけてたすけてたすけてたすけてたすけてたすけてたすけてタスケテタスケテタスケテタスケテタスケテタスケテタスケテタスケテ助けてタスケテタスケテタスケテ助けてタスケテタスケテたすけてたすけてたすけてたすけて助けてたすけてたすけてたすけてたすけてたすけてたすけて助けて

漸く麗美子は気付いた。騙されていたのだ。一番、最初から欺かれていたのだ。間山伊達緒からの封筒を見た瞬間から、すでに間山伊達緒の——本の精神コントロールが始まっていたのだ。あの同級生名簿を見た時に気付くべきだった。あれを見た時に眩暈のような感覚があったのは、間山伊達緒にかけられた暗示と目の前の客観的な事実が矛盾していたからだ。いったい、どんな手をつかったのかはわからない。しかし、自分だけではなく、封筒を手にとった者はみんなコントロールされたのだ。同級生名簿には間山伊達緒の名前はなかった。間山伊達緒という人物は最初から、存在しなかったのだ。あの封筒を見ること、あるいは、触ることによって、暗示がかかるのだ。だから、封筒が届かなかった者たちは間山伊達緒のことを思い出すことができなかったのだ。思い出せないはずだ。最初から思い出などなかったのだから。

「ひひひひひ」麗美子は笑った。間山伊達緒は実在しないのだ。架空の人物なのだ。もし、間山伊達緒と呼べるものがあるとするならば、それはあの本自体だろう。あの本こそが間山伊達緒の正体であり、麗美子たちの精神を乗っとろうとしていたのだ。

「なかなか、近い。そやけど、正解まではもう一歩や」天から声が聞こえた。空を見上げると、灰色と黒の雲がごうごうと音をたてて渦巻いていた。そして、その真ん中に亀裂が入り、みるみる広がった。そこからは空の向こう側が見えた。そして、天球を覆い尽くす間山伊達緒の姿があった。「滝川麗美子さん、久しぶりやなぁ」

「もう騙されへん。あんたはほんまにはいてへんのや。間山君、あんたはフィクションや」

「なかなか、おもろいなぁ。ほんなら、ここに現にいる俺は何者やろ？」

「実在の人間が空をうめ尽くせるはずがない。あんたは夢や。わたしの脳にインストールされたソフトウェアが作り出した幻や」

間山伊達緒は天空の亀裂を跨いで、下界の麗美子のそばに降りた。

「どや？　これで、おまえと対等や。現実の人間や」

「違う。あんたの正体はわかってるんや」

「俺の正体？　それは興味があるなぁ。なんや？　教えてくれ」

「本や。『芸術論』や」

間山伊達緒は高らかに笑った。世界は地響きをたてた。

「俺が本やっちゅうのはわかった。ほんなら、その本の正体はなんや？……俺ばっかりが質問してるな。これでは不公平や。今度はおまえの質問に答えたろ。なんでも訊いてみぃ」

「あんたの目的はなんやの？」

「俺の目的？　おまえかて知ってるやろ。『相応しき者』を探してるんや。こう見えてもなかなか手間なんやで。負荷を減らすためにソフトウェアの機能を削って軽うしてるのに、簡単に暴走してしまう。それに、人間から人間へ直接転送できたらええんやけど、エラーが多過ぎて、まるでつかいもんにならんから、一人ずつ媒体からインストールしていかなあかんのや。ハードウェアの設計はちゃんとやったはずやのに」

「ほんなら、あんたは……あの本こそが『親方様』……」

「おまえ、なかなか見所があるで。どや、一緒に来ぃひんか？」間山伊達緒は空の亀裂を指差した。そこには名状しがたきものが広がっていた。「あそこは汚くて、綺麗や」

「そこはどこ？」麗美子は滑り落ちそうになる体を割れた爪で必死に支えた。

「おまえは知ってるはずや。そこの名前はある理由があって、明かされへんのや」

「ゲリル？」

『名付けることが禁じられた土地、ゲリル』とは違う。そのすぐ近くやけど」

「わたしをどうする気ぃ？」

間山伊達緒は麗美子を抱き起こした。

「おまえは俺の花嫁になるんや」

麗美子は悲鳴を上げた。もはや自分でも喜びの悲鳴か、悲しみの悲鳴かはわからなくなっていた。

間山伊達緒の体が崩れた。

「俺は本当の俺の姿になる。俺はおまえの中で自己実現して一体になれるはずやった。でも、やっぱりあかん。おまえは俺の本当の姿を見ることはできひん。失敗や。また、出直してくるわ」

間山伊達緒はなくなっていった。後に残った者を麗美子は認識できなかった。

「ちょっと待って。これどういうこと？　ちゃんと説明してから消えて」

もはや形すら持たない間山伊達緒は、足元に落ちていたそれ自体が彼であるところの本を拾い上げて、最後の部分を広げて、存在しない指で指し示した。

「ここ、読んでみぃ」

＊

ここが、この本の最後の部分である。

この本の最初にわたしが書いた言いつけを守って、最初から最後まで、飛ばし読みをせず、ちゃんと読んだ人にはお祝いを言っておこう。おめでとう。インストールは完了した。あなたは真の芸術家、究極の芸術家である「絶対芸術家」になれたのだ。あなたがたの一人一人がいったい何の芸術に目覚めるのか、それはわたしにもわからない。人はみな得意とする表現手段を持っている。一見して、まったく、芸術的才能に恵まれていなくとも、人はみんな潜在的な芸術性を持っている。ただ、それが発現していず、自分でも気付いていないだけだ。そして、あなたの心の中にインストールされた「親方様」は数時間から数日のうちにあなたの心を強く広大に作り変えて、「絶対芸術家」の心にしてくれる。あなたの紡ぎ出す芸術にあらがえるものは誰もいない。

そして、わたしの言いつけを守らずに、飛ばし読みをしたり、順序を変えて読んだ人にはお悔やみを言っておこう。インストールは失敗した。あなたの心の中には欠陥だらけの「親方様」が植え付けられた。それはなんらかの活動をするかもしれない。あるいは、なんの活動も起こさず、徐々に心の中で消えていくのかもしれない。いずれにしても、本物の「親方様」ではない。偽の「親方様」だ。あなたは真の芸術家にはなれない。運が悪ければ、芸術への憧れだけが増幅され、精神が崩壊してしまうかもしれない。運が良ければ、一時的な精神錯乱だけですむかもしれない。しかし、もし、回復したと言っても、あなたが不幸であることには変わりはない。なぜなら、あなたは二度と「絶対芸術家」になることはできないのだから。

あなたの心の無意識といわれる領域に対応する脳のメモリには「親方様」の不完全な断片が常駐してしまっている。最悪の場合、それはあなたの脳の基本システムを破壊してしまう。最善の場合、それはなんの影響も与えないかもしれない。しかし、いずれにしてもあなたの心に「親方様」を再インストールすることはできない。すでにメモリが塞がってしまっているからだ。そして、残念なことに人間の心はコンピュータのようにリセットすることもバックアップをとることもできない。あなたは永久に「絶対芸術家」にはなることはないだろう。しかし、わたしはそんなあなたに同情はしない。なぜなら、それはあなた自身が招いたことだからだ。

せっかくのチャンスを失ってしまったのはあなた自身のせいなのだ！

＊

麗美子が目覚めたのは病院のベッドの中だった。

未香が心配そうに顔を覗き込んでいた。なんども口を開きかけては閉じていたが、ついに話しかけた。

「れみち……わたしのことわかる？」

「うん」麗美子はまた目をつぶって、自分の心の中を探った。狂気の形跡は見つからなかった。「残念やけど、芸術家にはなられへんかったようや」

未香は声を出して泣き出した。

「れみちが倒れてたて、聞いて、わたし、どうしようかと思うた。高菜君も、みっちゃんも治らへんし、れみちまで治らへんかったら、わたしどないしようと思て、ほんで、一人になってしまうんかと思て……」あとは言葉にならなかった。

「わたし、どないなってたん?」

「え?」未香はハンカチで涙と鼻水を拭った。「ああ。覚えてへんねんな。あんた、道端に血塗れになって倒れてたんや。指で、道路に『助けて、助けて』ていっぱい書いてたらしいわ。見た人に聞いたんやけど、その血文字、めちゃくちゃ気持ち悪かったらしい」

「血塗れやったて?」麗美子は聞き返した。

「うん。あんまり大出血やったから、最初は病院でも流産やと思たんやけど、違たらしい。まあ、当たり前やけどな」

ということは、あれは本の汚れではなかったのだろうか? それとも、倒れた後で、本物の月経が始まったのだろうか? 今となっては知りようもない。

「れみちは病院に運ばれて、わたしの名前と、間山君の名前をうわ言で言うたんやて。ほんで、れみちが持ってた名簿にも名前が書いたったわたしの方に連絡がきたんや」

名簿には間山の名前はない。かれは架空の人物だから。

「けど、ほんまによかった」未香は泣き笑いで言った。「れみちはおかしいならんかって」

麗美子は発狂を免れた。そして、今や、発狂していない者の中では、間山伊達緒の――「親方様」の秘密に最も近付いた人間になったのだ。麗美子は必ずすべての間山伊達緒の「芸術論」を回収しようと心に誓った。自分以外では危険なのだ。麗美子には多くの謎の答えがわかっていた。

「芸術論」から「親方様」を直接インストールされた密見子は「絶対芸術家」になっていた――指をなくすまでは。しかし、その精神の中で、「親方様」は変質してしまった。しょせん彼女も不確かな記憶能力しか持たない普通の人間であり、「相応しき者」ではなかったのだ。だから、彼女の精神もしくは脳は能力を超えたソフトウェアの動作に耐え切れず、暴走してしまった。そして、彼女の両親や兄は彼女から転送された不完全な「親方様」のため、芸術家もどきになってしまったのだ。彼等の作り出す絵や踊りにはなんの効果もない。麗美子や未香も密見子の演奏を聞いたが、時間が短かったので、本体の転送は起こらなかったのだ。

そして、間山伊達緒の言いつけを守らずに、中途半端な読み方をした麗美子のこころの中にも不完全な「親方様」が宿った。しかし、それは軽い発作を起こしただけで、機能を停止してしまった。もはや、麗美子は永久に間山伊達緒から解放された。

おそらく、「親方様」には人類を滅ぼす意思などはないのだろう。「親方様」は自らと共生できる「相応しき者」を探しただけだったのだ。そのために、住家から這い出して、間山伊達緒の名の許に本という形態になったのだ。

もし、人類の滅亡が目的であったのなら、最初から、麗美子が心配したように、コンピュータ・ネットワークを利用したはずだ。「親方様」は無数に複製され、世界中にまき散らされ、麗美子の手には到底おえなくなっていただろう。

しかし、「親方様」は本の形態を選んだ。音楽やビデオはまるごとダビングされることが普通に行われている。しかし、本一冊をまるごとコピーしたり、スキャナーに取り込むことはほとんど行われない。本とはそのようなものなのだろう。本の形態をとっていれば、無闇に複製される危険性は少ない。捨てられたり、破損したりして、徐々に数は減っていく。

人類への影響を最小にとどめる考慮をした一種の実験だったのだ。なぜ、麗美子たちの同級生がターゲットにされ、間山伊達緒という人格を作り出したのかはわからない。しかし、同級生に本を送るという設定は、二、三十人の人間に同じ本を送る手段としては比較的無理がない。おそらく、以前にも、このような実験は繰り返されてきたのだろう。一度に大量の人間を犠牲にすることなく、社会に影響を与えない程度の人数で、少しずつ。

心配することはない。本を回収しさえすれば、新しい犠牲者は出ない。もちろん、また、別の手段で、「親方様」は実験をするかもしれない。しかし、「親方様」は人類を滅ぼすつもりはないのだ。犠牲者が出ることは防げないかもしれないが、それは麗美子の責任ではないし、気に病む必要もないだろう。それは毎年、交通事故によって失われる人命に比べても、はるかに少人数ですむはずだ。

「親方様」は人類と共生し、一つの種になりたいのだ。あたかも、菌類と藻類が共生し、地衣類になって新たな進化を始めたように。間山伊達緒が言ったことが正しければ、人類は最初からその目的のために設計されたことになる。人の脳はその能力をほとんど使っていないと言われている。そこに本来収まるべきソフトウェアがすっぽ抜けてしまっているのだから、それも当然だ。そして、これからも設計通りに人類の脳が進化していくなら、いつかは「相応しき者」が現れるのだろう。

「れみち、しばらく、休養をとるつもりで、入院しとき」

「何言うてるん？　休養しなあかんのはみかぴの方やん」麗美子は少し強く言った。

「あんなこと、あったし、高菜君と密見子の世話もあんた一人にまかしてられへん」

「高菜君らのことはれみちには関係ないことやから、世話を頼むのは気ぃ重いけど、わたし一人ではどうしようもないから、手伝うてもらわなあかんと思う。そやから、休んで完全に回復してもらわんと、わたしが困るねん」未香は笑った。

「そんなら、しゃあないなあ」麗美子も笑った。「しばらく、骨休みさせてもらうわ」

「ほんまに、ゆっくり、休養してな。ほんで、退院したら、いっぺん、わたしのうちにおいで。おいしいもん、ご馳走したげるわ。わたし、最近、料理に凝ってるねん」

未香が料理をするというのは初耳だ。

麗美子はベッドの上で体を起こし、未香の方を見た。二人の目が合った。麗美子は未香の目の光を探った。

麗美子の目からとめどもなく、涙が溢れた。そして、窓の外を眺めながら答えた。

「ありがとう。ご馳走になりにいくわ」

未香の料理はきっと最高だろう。芸術的とさえ言えるかもしれない。

*

そこで、本の中の物語は終わっていた。

妙な本だった。

わたしは「名付けることが禁じられた土地、ゲリル」の野外図書館でその本を持ったまま考え込んだ。

なぜ、わたし——この間山伊達緒がこの本の中に登場しているのか？　しかも、架空の人物として。この本に書かれていることはすべて作り話なのだろうか？　それとも、いくばくかの真実があるのだろうか？　真実があるとするのなら、これは今より過去のことが書かれているのだろうか？　それとも、ここには未来が描かれているのか？

わたしはもう一度、その本を読み直そうとした。その時、激しく雨が降り始めた。ここは野外図書館であり、屋根がないため、その本に雨がかかる。見る見るうちにページがずぶ濡れになり、指で触るだけで破れてしまった。

「もうその本は無理ですな」「鼻血を啜り上げる男」が言った。

わたしは無視して、その本を読み続けようとした。しかし、次の瞬間、背表紙が裂けて、泥の上に落としてしまった。本はあっというまに崩れてしまった。

顔を上げると野外図書館のすべての本が溶け出していくのが目に入った。図書館には七、八人の灰色の住民たちがおり、本の残骸を手で掬ったり落としたりしては、おろおろと、歩き回っていた。

「ここの本はみんな新しかったのだろうか？」わたしは呟いた。

「いいえ、ここの本は新しくはありませんでした。太古から伝わったものばかりでした。ずっと、この野外図書館に保存されていました。そして、今、失われようとしています」

「雨が降るのは始めてなのか？」わたしは「鼻血を啜り上げる男」を睨んだ。

「毎日、何度も降っております」「鼻血を啜り上げる男」は飄々《ひょうひょう》と答えた。

高菜密見子に信士という兄がいたかどうかは、思い出せない。いや、正確には最初から、彼女の家族構成なぞ知らなかった。しかし、滝川麗美子のことも中村未香のことも知っている。それなのに、名簿にはわたしの名が載っていなかったと、あの本には書いてあった。どういうことだろうか？

そもそも、わたしは本当に滝川麗美子のことを知っていたのか？　この本を手にとった時に忽然と、彼女の記憶がわたしの心に植え付けられたのではないと言い切れるだろうか？　ちょうど、麗美子がわたしの記憶を植え付けられたように。

「名付けることが禁じられた土地、ゲリル」の陰鬱な空に緑色の稲妻が光った。

本の中の滝川麗美子とここにいる間山伊達緒と――どちらかが実在の人物でもう一方は架空の人物なのか？　それとも、二人とも実在するのか？　あるいは、二人とも架空の人物なのか？　架空の間山伊達緒は架空の滝川麗美子を花嫁にできるのか？

わたしは「親方様」がいるという辺りを眺めた。

たとえ、それに会ったとしても、答えは出ないかもしれない。しかし、少なくとも、答えを得ることを理由に会うことはできる。

再び、稲妻が辺りを照らした。

わたしは本を書く決心をした。

解説　ゆっぐごとおうふの実存と自傷について

朝《あさ》松《まつ》　健《けん》（作家）

角川書店の編集者はわたしに悪意を抱いているのに違いない。それでなくて、どうして小林泰三の『人獣細工』の〈解説〉など依頼してきたりするのだろう。きっと一九九二年に〈ザ・スニーカー〉の原稿を遅らせたことを今も根にもっているのだ。そうして、このような――目下のわたしの精神状態に悪影響を与えずにはおかぬ作品集の〈解説〉をわたしに書かせ、わたしが少しずつ足元をゆるがせ、就寝より七十歩のところにある、髭《ひげ》を生やした司祭ないしゅとかまん＝たあの棲《す》む炎の洞窟《どうくつ》の彼方、七百歩のところの〈深睡の門〉を超えた夢の世界の捕われ人となるように仕向けているのだ。

だが、わたしは左肩の脱臼《だっきゅう》による痛みと、それ以上の風邪による頭痛と戦いながら『本』を読み終えた。もはやわたしは小林泰三の仕掛けた〈罠《わな》〉をすべてクリアしたに等しいのである。だから、もうわたしは尻込《しりご》みすることはない。喜んで、思いきり、小林泰三の作品の魅力と、その顕著な特徴について述べることが出来るのである。……わたしが喫茶店でこの原稿を書こう、と決めたのも、わたしなりの「決意表明」である。もし〈あいつら〉が、今、この時にわたしを取りおさえ、この手からボールペンを取り上げようとも、わたしは書くことをやめはしない。もしなんなら、指先を噛みちぎり、ひたひたとこぼれるこの血で原稿を書いてやろう。……今、隣の席の客から、少し動揺する気配が発せられた。金髪にサングラスで変装しているが、こいつこそ角川書店のまわし者なのは間違いない。ついさっきまで文庫本の『不夜城』を読んでいたからだ。が、しかし、これは小林泰三の〈恐怖と幻想と実存〉とは、なんの関係もない。わたしは急いで〈解説〉を続けねばならないのだ。

＊

「小林泰三ですか。あら、虫も殺さん顔して結構《けっこ》、邪悪な存在ですで」

そう教えてくれたのは、同じ関西在住のホラー作家牧野修《まきのおさむ》だった。

——某大手電機メーカーのエリートサラリーマンと、日本ホラー小説大賞短編賞作家の二つの顔を成り立たせている「意志強固な人物」が、どうして邪悪な存在なのだろう。わたしは、牧野の言葉を関西人特有の「辛辣《しんらつ》な友情表現」の一種、くらいにしか取り合わなかった。

だが、今回、『人獣細工』に収録された三篇を読み、牧野の言がけっして大袈裟《おおげさ》なものではなかったのだ、と納得してしまったのである。

なんという悪意。

なんという禍々《まがまが》しさ。

そして、なんという優しさだろう。

遺伝子工学のもつ、きわめて現代的な恐怖と、若く病気がちな女性のもつ、きわめて繊細な心のゆらぎが、『人獣細工』には描かれていた。

それも、このうえもなくリアルに。

わたしは即座に自らの体験をナレーターの女性に重ね合わせていた。四年前のこと、脳にインフルエンザウィルスが侵入。手術のため、わたしの頭蓋骨の一部が切除された体験だ。

頭皮と膜一枚のみで剝き出しになった脳を保護するため、医師はヘッドギアをわたしに装着した。

折りしも一九九五年。かのオウム真理教事件のあった年である。

ステッキをついて外出し、喫茶店で編集者と打ちあわせをするヘッドギア姿のわたしに、心ない人からの嘲《あざ》けりが投げられた。

「あっ、オウムだ！」

わたしはそんな時、必ずヘッドギアを外し、一部が窪んだ坊主頭を見せつけてやったものだ。（ほとんどヤケクソな気持ちで）

あるいはステッキ使用がなくなって、エスカレーターの右側にへばり付いている時（わたしは左手と左足が不自由である）、後方より駆けてきた人々の音たかい舌打ち。

それは現在でも浴びせられる。

医学はすでに遺伝子を操作し、脳のメカニズムさえきわめようとしているというのに、それを使う人間どもの、なんという無神経。なんという意識の古さ。これと同じ苛立ちを『人獣細工』で感じていた。

そうなのだ。

『人獣細工』は自己愛の権化たる〈父〉と、己れの実存を探求する〈娘〉との、火花を散らすドラマであった。この時、〈父〉はブタの臓器やブタの手足、ブタの皮膚を少女に移植することの、情緒的影響にまったく思い到らない。彼は「移植のための移植」「手術のための手術」に邁進する。いわば手段が目的化しているのである。

彼はまるで医学技術という偶像《モーロック》に仕える司祭のように、娘を切り刻む。

そして、娘は、目覚めていくのである。

「私は誰なのか。どこから来たのか。なんなのか」

＊

『吸血狩り』は八歳の少年の一夏の経験をノスタルジックな語り口で描いた佳品である。

しかし、騙されてはいけない。

少年はひょっとしたら……「間違っていた」のかもしれないのだ。

黒い大男は単に従姉を誘惑した他所者《よそもの》だったのかもしれない。「ししょくきょうてんぎ」などという本は存在しなかったのかもしれない。

すべては……吸血鬼の妄想に取り憑かれた八歳の少年の……誤ちだったのかもしれない。

小林泰三は、この一点を解き明かしてはいない。それゆえ吸血鬼映画でお馴染みの、瞬く間に灰と化していくシーンは、描かれないのである。

＊

だが、最も邪悪で、狂気と幻想に彩られた作品は『本』である。

わたしはこの一篇を読んでいるあいだ、ホラーコミック界の鬼才伊藤潤二《いとうじゅんじ》の「自傷的な」絵を思い浮かべていた。

芸術の才のひとかけらもないのに、絶対芸術なるソフトをインストールされ、あるいは絵を描き、あるいはダンスを舞い、あるいはとんぼを切る凡人たち。これは「カラオケ化する芸術」の醜悪きわまりないパロディである。

そして、すべての狂気は、次の一点へと収斂《しゅうれん》されていく。

「この世界は本当に現実なのか。われわれが現実と呼ぶものは一体なんなのか」

読後、わたしはラヴクラフト的なホラー映画『マウス・オブ・マッドネス』に出てきた次のような台詞《せりふ》を思い出していた。

「現実って、なにかしら？　世間の九九パーセントが現実といえば、それが現実？（中略）だったら、狂気も、それが多数派なら正気になるんじゃない？（中略）その時が来たら、あなたのほうが病院送りよ」

＊

それに思い到った時から始まる心のゆらぎ。

自分の足場に対する不安。

真の〈現実〉を知らされた時に生ずる——救いようのない絶望と恐怖。

〈現実の不確かさ〉。

これらは小林泰三が繰り返し描き続けるモチーフである。この描き方はサディスティックではない。むしろ「自傷的」だ。彼の作品の登場人物が負う傷には痛みがある。そして痛みはダイレクトに読み手に伝わってしまう。

それは小林が限りなく「優しく」「邪悪」であるせいなのだろう。

しかし、彼は、エスカレーターの右側にへばり付いている身体障害者に舌打ちもしなければ、ヘッドギアを被っている人間を「オウム」呼ばわりもしないだろう。

「邪悪」とは「無垢な優しさ」のまたの名であるからである。

＊この解説は、一九九九年十二月に小社より刊行した文庫に収録されたものです。

本書は、一九九九年十二月に小社より刊行した文庫を改版したものです。

人獣細工《にんじゅうざいく》

小林泰三《こばやしやすみ》

角川ホラー文庫　23636

平成11年12月10日　初版発行
令和5年4月25日　改版初版発行
令和5年11月10日　改版9版発行

発行者――山下直久
発　行――株式会社KADOKAWA
〒102-8177　東京都千代田区富士見2-13-3
電話 0570-002-301（ナビダイヤル）
印刷所――株式会社KADOKAWA
製本所――株式会社KADOKAWA
装幀者――田島照久

本書の無断複製（コピー、スキャン、デジタル化等）並びに無断複製物の譲渡および配信は、著作権法上での例外を除き禁じられています。また、本書を代行業者等の第三者に依頼して複製する行為は、たとえ個人や家庭内での利用であっても一切認められておりません。

定価はカバーに表示してあります。

●お問い合わせ
https://www.kadokawa.co.jp/（「お問い合わせ」へお進みください）
※内容によっては、お答えできない場合があります。
※サポートは日本国内のみとさせていただきます。
※Japanese text only

© Yasumi Kobayashi 1997, 1999, 2023　Printed in Japan

ISBN978-4-04-113215-9　C0193

角川文庫発刊に際して

角川源義

第二次世界大戦の敗北は、軍事力の敗北であった以上に、私たちの若い文化力の敗退であった。私たちの文化が戦争に対して如何に無力であり、単なるあだ花に過ぎなかったかを、私たちは身を以て体験し痛感した。西洋近代文化の摂取にとって、明治以後八十年の歳月は決して短かすぎたとは言えない。にもかかわらず、近代文化の伝統を確立し、自由な批判と柔軟な良識に富む文化層として自らを形成することに私たちは失敗して来た。そしてこれは、各層への文化の普及滲透を任務とする出版人の責任でもあった。

一九四五年以来、私たちは再び振出しに戻り、第一歩から踏み出すことを余儀なくされた。これは大きな不幸ではあるが、反面、これまでの混沌・未熟・歪曲の中にあった我が国の文化に秩序と確たる基礎を齎らすためには絶好の機会でもある。角川書店は、このような祖国の文化的危機にあたり、微力をも顧みず再建の礎石たるべき抱負と決意とをもって出発したが、ここに創立以来の念願を果すべく角川文庫を発刊する。これまで刊行されたあらゆる全集叢書文庫類の長所と短所とを検討し、古今東西の不朽の典籍を、良心的編集のもとに、廉価に、そして書架にふさわしい美本として、多くのひとびとに提供しようとする。しかし私たちは徒らに百科全書的な知識のジレッタントを作ることを目的とせず、あくまで祖国の文化に秩序と再建への道を示し、この文庫を角川書店の栄ある事業として、今後永久に継続発展せしめ、学芸と教養との殿堂として大成せんことを期したい。多くの読書子の愛情ある忠言と支持とによって、この希望と抱負とを完遂せしめられんことを願う。

一九四九年五月三日